COLLECTION TEL

Aristote

De l'âme

TEXTE ÉTABLI
PAR A. JANNONE
professeur de philosophie ancienne
à l'Université de Rome
TRADUCTION ET NOTES
DE E. BARBOTIN
professeur
à l'Université de Strasbourg

Gallimard

SIGLES

E	Parisinus gr. 1853, saec. X.
E^{a}	Codicis E pars recentior.
L	Vaticanus gr. 253, saec. XIII.
C	Coislinianus 386, saec. XI.
H^{a}	Marcianus gr. 214, saec. XI.
U	Vaticanus gr. 260, saec. XI.
V	Vaticanus gr. 266, saec. XIV.
X	Ambrosianus H 50 sup. (gr. 435), saec. XII-XIII.
y	Parisinus gr. 2034, saec. XIII.
A	Ambrosianus A 174 sup. (gr. 67), saec. XV.
F^{a}	Laurentianus 86, 19, saec. XIV.
F^{b}	Laurentianus 87, 20, saec. XIV.
F^{c}	Laurentianus 87, 23, saec. XIV.
M	Marcianus gr 209, saec. XIII.
R^{v}	Vallicellanus B 93, saec. XIV.
P	Vaticanus gr. 1339, saec. XII.

Bonitz	=	H. Bonitz, *Aristotelische Studien*, Vienne, 1866-1867.
Bywater	=	I. Bywater, *Aristotelia*, in *Journal of Philology*, t. XVII (1888), p. 53-74.
Förster	=	A. Förster, *De Anima*, Budapest, 1912.
Rodier	=	G. Rodier, *Traité de l'Ame*, Paris, 1900.
Ross	=	W. D. Ross, *De Anima*, Oxford, 1961.
Torstrik	=	A. Torstrik, *De Anima*, Berlin, 1862.

LIVRE I

1

C'est au nombre des valeurs suprêmes[1] que se range, 402 a
selon nous, le savoir, et l'une de ses espèces l'emporte sur l'autre soit par sa rigueur, soit par la plus haute et plus admirable dignité de ses objets ; aussi, pour ce double motif, l'étude de l'âme peut-elle à juste raison être placée au premier rang. De surcroît, la connaissance de l'âme semble servir grandement celle de la vérité en général et la science de la nature au tout premier chef : l'âme est en effet comme le principe propre des animaux[2]. Le but de notre recherche est donc de considérer et de découvrir d'abord la nature et la substance de l'âme, puis toutes les propriétés qui s'y rattachent[3] : certaines semblent affecter l'âme en propre, tandis que les autres s'étendent par l'âme à l'animal tout entier.

De toute manière et en tout cas, c'est une tâche très difficile de parvenir à quelque certitude au sujet de l'âme. En effet la présente recherche est commune à beaucoup d'autres disciplines — j'entends la recherche de la substance et de l'essence ; aussi pourrait-on croire qu'il existe une méthode unique pour tous les cas où l'on veut connaître la substance —, telle, pour les accidents propres, la démonstration; il faudrait alors s'efforcer de déterminer cette méthode. Si par contre il n'est pas de méthode unique, commune aux recherches sur l'essence, l'entreprise devient encore plus difficile : il faudra, en effet, saisir pour chaque objet particulier quel est le procédé de recherche approprié[4]. Et si l'on vient à découvrir quel est celui-ci — démonstration, division ou toute autre méthode —, beaucoup de difficultés et risques d'erreur subsistent pour la détermination des principes de la recherche : à objets différents, principes différents, comme dans le cas des nombres et des surfaces.

En premier lieu, il faudrait sans doute déterminer de quel genre l'âme relève et ce qu'elle est, je veux dire : si elle est une réalité individuelle et substantielle, ou une qualité, une quantité ou quelque autre des catégories que nous avons distinguées; en outre, se range-t-elle parmi les êtres en puissance ou n'est-elle pas plutôt une
402 b entéléchie ? Le problème n'est pas de mince importance. Il faut encore examiner si l'âme est divisible en parties ou indivisible, si toutes les âmes sont de même espèce ou non, et, dans la négative, si elles diffèrent par l'espèce ou par le genre. Jusqu'à présent, en effet, les exposés et recherches sur l'âme semblent limiter leur examen à la seule âme humaine. Prenons garde en outre d'omettre la question que voici : n'y a-t-il qu'une seule définition pour l'âme comme pour l'animal, ou pour chaque espèce l'âme a-t-elle une définition particulière, par exemple celle du cheval, du chien, de l'homme, du dieu ? En ce dernier cas, l'animal pris universellement ou bien ne serait rien ou bien serait logiquement postérieur. De même en serait-il de tout autre attribut commun que l'on affirmerait[5].

Autre question : si les âmes ne sont pas multiples mais seulement les parties de l'âme, la recherche doit-elle porter d'abord sur l'âme entière ou sur ses parties ?

C'est encore un difficile problème de déterminer lesquelles de ces parties se distinguent naturellement les unes des autres et s'il faut examiner en premier lieu les parties ou leurs actes : l'intellection ou l'intellect, la sensation ou la faculté sensitive et ainsi de suite. Mais si l'étude des actes est première, une nouvelle question se présente : les objets[6] de ces actes doivent-ils être étudiés avant ces actes même, par exemple le sensible avant la faculté sensitive, l'intelligible avant l'intellect ?

Il ne suffit pas de dire, semble-t-il, que la connaissance de l'essence soit utile à l'étude des causes des propriétés des substances — ainsi, en mathématiques par exemple l'essence de la droite et de la courbe, de la ligne et de la surface est-elle utile à connaître pour savoir à combien d'angles droits équivaut la somme des angles du triangle. Il faut ajouter qu'inversement la connaissance des propriétés contribue pour une large part à celle de l'essence. Lors donc que nous serons en mesure de rendre compte des propriétés telles qu'elles apparaissent — soit de toutes soit de la plupart d'entre elles —, alors pourrons-nous traiter au mieux de la substance elle-même. Le principe de toute démonstration, en effet, c'est l'essence[7] : aussi, toutes les fois que les définitions ne permettent pas la connaissance des **403 a**
propriétés ni même une conjecture aisée à leur sujet, est-il clair que toutes ces définitions sont dialectiques et sans valeur.

Les attributs de l'âme présentent à leur tour une difficulté : affectent-ils tous en commun le sujet animé ou en est-il un qui appartienne à l'âme en propre ? En décider est à la fois nécessaire et malaisé. C'est un fait d'observation : dans la plupart des cas, l'âme ne subit aucune passion et n'accomplit aucune action qui n'intéresse le corps : tels la colère, l'audace, le désir, en général la sensation. Par contre l'intellection semble éminemment propre à l'âme ; mais si cette activité est elle-même un acte de l'imagination ou ne peut s'exercer sans le concours de l'imagination, elle ne pourra, elle non plus, s'accomplir indépendamment du corps. Si donc il existe un acte ou une affection de l'âme qui lui appartienne en propre, celle-ci pourra exister à l'état séparé; si par contre aucune ne lui est propre, l'âme ne pourra exister séparée et il en sera d'elle comme de la ligne droite : la droite en tant que telle[8] présente de nombreuses propriétés — par exemple : la tangence à la sphère d'airain selon un point —, mais le contact n'aura pas lieu pour cette droite abstraitement séparée; elle ne peut, en effet, exister à l'état séparé, puisqu'elle est toujours donnée dans un corps quelconque. Or il semble que les affections de l'âme soient données avec un corps : courage, douceur, crainte, pitié, audace, la joie aussi et l'amour comme la haine; dans tous ces cas le corps éprouve une certaine passion. En voici un indice : tantôt des excitations violentes et caractérisées surviennent sans produire ni colère ni frayeur; tantôt par contre des causes faibles et peu sensibles déclenchent des émotions, si le corps est déjà surexcité et dans un état semblable à celui qui accompagne la colère. Mais voici une preuve encore plus manifeste : en l'absence de toute cause d'effroi, on peut éprouver les affections mêmes qui caractérisent la frayeur. Dans ces conditions, il est évident que les affections de l'âme sont des formes engagées dans la matière. Aussi les définitions doivent-elles être formulées en conséquence, par exemple : la colère est le mouvement d'un corps donné, d'une partie ou d'une faculté de ce corps, produit par telle cause en vue de telle fin. Voilà pourquoi il appartient donc au physicien de traiter de l'âme, soit de toute espèce d'âme, soit de l'âme telle que nous la décrivons.

C'est de manières très diverses que le physicien et le dialecticien définiraient chacune de ces affections, par exemple ce qu'est la colère : celui-ci y verrait un désir de

revanche ou quelque chose d'analogue, celui-là un bouillonnement du sang dans la région du cœur, ou de l'élément chaud. L'un rend compte de la matière, l'autre 403 b
de la forme ou notion. Car la notion est la forme de la chose : elle est nécessairement engagée dans une matière donnée si elle est réelle. Ainsi la notion de maison est-elle à peu près celle-ci : un abri contre les dégâts causés par le vent, la chaleur, la pluie. Tandis que l'un parle pierres, briques et bois, l'autre envisage la forme réalisée dans ces matériaux en vue de telles fins. Lequel donc des deux est le physicien ? Est-ce celui qui considère la matière et ignore la notion ou celui qui considère exclusivement la notion ? N'est-ce pas plutôt celui qui embrasse ces deux points de vue ? Et que dire alors de chacun des deux autres ? — Sans doute ceci : il n'est personne qui s'occupe des déterminations de la matière inséparables de celle-ci, pas même en les considérant abstraitement comme séparables ; mais c'est au physicien de traiter de toutes les activités et passivités de tel corps et de telle matière déterminés. Toutes les propriétés qui ne sont pas considérées de ce point de vue relèvent alors d'une autre discipline : telle propriété sera éventuellement l'affaire de l'homme de l'art, par exemple le charpentier ou le médecin. Quant aux déterminations inséparables, en fait, de la matière : celles que l'on considère indépendamment de leur appartenance à tel corps donné et par abstraction, ressortissent au mathématicien ; mais celles qu'on envisage comme étant séparées de la matière relèvent du métaphysicien[9].

Mais revenons à notre point de départ[10]. Nous disions que les affections de l'âme sont inséparables de la matière physique des animaux, en tant qu'elles leur appartiennent, par exemple le courage et la peur ; leur cas n'est donc pas comparable à celui de la ligne et de la surface[11].

2

L'étude de l'âme exige que, tout en exposant les difficultés à résoudre plus tard, on recueille les opinions exprimées à ce sujet par nos devanciers : cela, dans le dessein de retenir la part de vérité qu'ils ont énoncée et d'éviter par contre leurs erreurs éventuelles. Pour commencer notre recherche, exposons les propriétés qui semblent, plus que toute autre, appartenir à l'âme par nature. L'animé semble se distinguer de l'inanimé par deux caractères principaux : le mouvement et la sensation. Or la tradition reçue des anciens attribue à l'âme à peu près ces deux caractères. Selon certains, l'âme est par excellence et fondamentalement le principe moteur. Estimant d'autre part qu'un principe non mû ne peut en mouvoir un autre, ils rangèrent l'âme au nombre des êtres en mouvement.

404 a Ainsi Démocrite déclare que l'âme est une sorte de feu et de chaleur. Infinis en nombre, en effet, sont les figures ou atomes; ceux de forme sphérique, il les appelle feu et âme (comparables à ce que nous appelons les poussières en suspension dans l'air, qui apparaissent dans les rayons de soleil filtrant à travers les ouvertures), et l'universelle réserve séminale constitue les éléments de la nature entière (même théorie chez Leucippe). Les atomes sphériques s'identifient à l'âme, parce que les formes[12] de cette espèce sont éminemment propres à traverser tous les milieux et à mouvoir le reste, étant elles-mêmes en mouvement; on suppose en effet que c'est l'âme qui donne le mouvement aux animaux. Aussi la respiration était-elle regardée comme le critère de la vie. En effet, le milieu ambiant contracte les corps et tend à en expulser celles des figures qui communiquent le mouvement aux animaux parce qu'elles ne demeurent elles-mêmes jamais en repos : un renfort est apporté à ces figures par d'autres de même espèce qui pénètrent de l'extérieur par la respiration. Celles-ci, en effet, empêchent l'élimination des figures déjà présentes à l'intérieur des animaux en résistant à la contraction et à la condensation : les animaux restent en vie aussi longtemps qu'ils peuvent accomplir cette fonction[13].

La théorie reçue des Pythagoriciens semble s'inspirer aussi de la même pensée. Certains d'entre eux identifiaient l'âme aux poussières en suspension dans l'air, d'autres au principe de leur mouvement. À leur sujet on ajoute qu'elles paraissent animées d'un mouvement continu, même si l'air est parfaitement calme. C'est à cette même position qu'aboutissent encore tous ceux pour qui l'âme est ce qui se meut soi-même : ces penseurs semblent tous supposer que le mouvement est éminemment propre à l'âme, que les autres êtres sont mus par l'âme, mais que celle-ci se meut d'elle-même — et cela parce que l'on n'observe aucun moteur qui ne soit lui-même en mouvement. Opinion semblable chez Anaxagore pour qui l'âme est le moteur — et chez quiconque a professé que le tout a été mis en mouvement par l'intellect. Anaxagore pourtant ne s'accorde pas pleinement avec Démocrite. Celui-ci identifie simplement âme et intellect. La vérité, pour lui, c'est l'apparence. Aussi approuve-t-il Homère de dire que Hector gisait la raison égarée[14]. Il ne traite donc pas l'intellect comme une faculté qui aurait pour objet la vérité : il identifie âme et intellect. Anaxagore, lui, s'exprime 404 b
moins clairement à leur sujet. À plusieurs reprises, il appelle intellect la cause du bien et de l'ordre, ailleurs il identifie celui-ci à l'âme : l'intellect est attribué en effet à tous les animaux, grands et petits, supérieurs et inférieurs. Mais il ne semble pas que l'intellect entendu au sens de prudence appartienne au même degré à tous les animaux, ni même à tous les hommes.

Tous ceux donc qui observèrent que l'animé est en mouvement firent de l'âme le principe moteur par excellence. Par contre ceux qui considèrent ses propriétés de connaître et de percevoir les êtres identifient l'âme aux principes : tenus pour multiples, ceux-ci constituent l'âme ; n'y a-t-il qu'un principe unique, il s'identifie à elle. C'est ainsi que selon Empédocle l'âme se compose de tous les éléments, mais chacun d'entre eux est une âme ; voici ce qu'il dit :

C'est pas la terre que nous voyons la terre, par
[l'eau que nous voyons l'eau.
Par l'éther, l'éther divin, et par le feu, le feu
[destructeur.
Par l'amour nous connaissons l'amour, la
[discorde enfin par la triste discorde[15].

C'est de la même manière que Platon dans le *Timée*[16] compose l'âme en partant des éléments : car, pour lui, le semblable est connu par le semblable et, d'autre part, les choses dérivent des principes. De même le traité *De la philosophie*[17] précisait que l'animal en soi procède de l'Idée même de l'un, de la longueur, largeur et profondeur premières et ainsi de suite pour les autres êtres. Autrement encore, l'intellect est représenté par l'un, la science par la dyade — car c'est directement qu'elle progresse d'un élément unique à une conclusion unique. Le nombre de la surface, c'est l'opinion, et celui du volume la sensation. Car les nombres étaient identifiés aux Idées même et aux principes et dérivent des éléments. D'autre part, les objets sont saisis les uns par l'intellect, les autres par la science, d'autres par l'opinion, d'autre enfin par la sensation ; et ces nombres, disions-nous, sont les Idées des choses. Par ailleurs, puisque l'âme semblait à certains être à la fois motrice et douée de connaissance, ainsi ont-ils constitué l'âme à l'aide de ces deux propriétés, disant que l'âme est un nombre qui se meut de lui-même. Mais ils se divisent au sujet des principes, de leur nature et de leur nombre : la principale divergence sépare les tenants de principes corporels et les partisans de principes incorporels ; aux 405 a uns et aux autres s'opposent à leur tour les partisans d'un mélange, qui déclarent les principes composés des deux espèces d'éléments. Nouvelle division sur le nombre des principes : les uns posent un principe unique, les autres une pluralité. C'est conformément à ces affirmations qu'ils en viennent à expliquer l'âme elle-même. Ils ont estimé en effet — et non sans raison — que ce qui est par nature source du mouvement doit compter au nombre des principes premiers. Certains en ont conclu que l'âme serait du feu : celui-ci est en effet l'élément le plus subtil et le plus incorporel ; de plus, il possède, primitivement, les propriétés d'être lui-même en mouvement et de mouvoir tout le reste.

Démocrite, pour sa part, s'exprime avec plus de précision en indiquant la raison de cette double propriété : il identifie l'âme et l'intellect, range cette réalité au nombre des corps primaires et indivisibles, et la fait source du mouvement à cause de la petitesse de ses particules et de leur forme ; il déclare que parmi les formes, la plus apte au mouvement est la forme sphérique, et il l'attribue à l'intellect et au feu. — Anaxagore, lui, semble distinguer l'âme et l'intellect — on l'a dit plus haut —, mais les traite l'un et l'autre comme une seule nature, avec cette réserve qu'il considère l'intellect comme principe souverain de toutes choses. Il déclare en tout cas que seul, parmi tous les êtres, il est simple, sans mélange et pur. Il assigne au même principe les deux fonctions de connaître et de mouvoir, disant que c'est l'intellect qui imprime le mouvement à l'univers. Il semble que Thalès, lui aussi, d'après ce qu'on rapporte, considérait l'âme comme un principe moteur : l'aimant, selon lui, possède une âme puisqu'il met le fer en mouvement. — Diogène avec quelques autres identifie l'âme et l'air, parce que, dans sa pensée, l'air est la chose la plus subtile de toutes et joue le rôle de principe. Ce serait pour cette raison que l'âme connaît et donne le mouvement : comme réalité première dont toutes les autres dérivent, l'air est doué de connaissance; et en raison de son éminente subtilité, il est principe de mouvement. — Pour Héraclite, le principe, c'est l'âme, puisqu'elle est l'exhalaison chaude dont il constitue les autres êtres. C'est une réalité incorporelle et en perpétuel écoulement; de plus le mû est connu par le mû. Que les êtres fussent en mouvement, c'était en effet son opinion et celle de la plupart des penseurs.

Voisine de ces vues est celle que Alcméon semble avoir professée au sujet de l'âme : il la déclare immortelle du fait qu'elle ressemble aux réalités immortelles, et cette ressemblance lui appartient en raison de son perpétuel mouvement; car tous les corps divins sont animés d'un
405 b mouvement continu et perpétuel : la lune, le soleil, les astres et le ciel tout entier. — Entre autres opinions plus grossières, l'âme est déclarée par certains identique à l'eau — c'est le cas de Hippon. Leur conviction semble provenir du fait que la semence est humide chez tous les animaux. Hippon réfute en effet ceux qui prétendent que l'âme est du sang, en alléguant que la semence n'est pas du sang, mais qu'elle constitue l'âme primaire. Pour d'autres, au contraire, tel Critias, l'âme est du sang : ils estiment que la faculté de sentir est, plus que toute autre, propre à l'âme et qu'elle lui appartient de par la nature du sang. Car tous les éléments, sauf la terre, ont trouvé leur partisan; personne n'a soutenu que l'âme était de la terre, sauf celui, s'il en fut, qui l'aura fait dériver de tous les éléments ou identifiée à toutes choses.

Ainsi tous les penseurs définissent l'âme, peut-on dire, par trois caractères : le mouvement, la sensation, l'incorporéité, dont chacun est rapporté aux premiers principes. C'est pourquoi ceux qui la définissent par la connaissance en font un élément ou la dérivent des éléments, et leurs dires respectifs se rejoignent à une exception près[18]. Ils professent, en effet, que le semblable est connu par le semblable : puis donc que l'âme connaît toutes choses, elle se compose, selon eux, de tous les principes. Ceux par conséquent qui posent une seule cause et un principe unique, affirment que l'âme à son tour est formée d'un seul et même élément, tels le feu ou l'air; mais ceux qui admettent plusieurs principes font de l'âme une pluralité. — Anaxagore pourtant, et lui seul, déclare que l'intellect est impassible et n'a quoi que ce soit de commun avec aucun des autres êtres. Mais si tel est l'intellect, de quelle manière et par l'action de quelle cause pourra-t-il connaître? Lui-même ne le dit pas et ses propos ne le laissent pas clairement voir. — Tous ceux qui établissent des contrariétés entre les principes composent l'âme elle-même en partant des contraires. Mais ceux qui choisissent comme principe l'un ou l'autre des contraires, tels le chaud, le froid ou quelque autre qualité semblable, affirment aussi que l'âme est l'un quelconque de ces contraires. Par suite, ils se réclament de ces dénominations mêmes : ceux qui prétendent que l'âme est le chaud, disent que le mot ζῆν tirerait de là son origine; ceux qui identifient l'âme et le froid soutiennent que l'âme est ainsi appelée en raison de la respiration et du refroidissement[19].

Telles sont donc les opinions qui nous ont été transmises au sujet de l'âme et les raisons de leurs partisans.

3

Notre examen doit porter d'abord sur le mouvement. Sans doute est-ce déjà une erreur de concevoir l'essence de l'âme comme ceux qui affirment : l'âme est ce qui se

meut soi-même ou est capable de se mouvoir ; mais il
406 a faut dire plus : il est proprement impossible que le mouvement appartienne à l'âme. D'une part, il n'est pas nécessaire que le moteur soit lui-même en mouvement, on l'a dit précédemment[20]. D'autre part, une chose quelconque peut être mue de deux manières (ou par une autre chose ou par soi ; est mû par autre chose, disons-nous, tout ce qui est mû du fait qu'il se trouve dans une chose en mouvement : les matelots, par exemple, qui ne sont pas mus de la même manière que le navire ; celui-ci se meut par soi, eux sont mus parce qu'ils se trouvent sur une chose en mouvement. Cela est évident si l'on considère les membres du corps : le mouvement propre des pieds — et, par là même, de l'homme — c'est la marche ; les matelots ne l'exercent pourtant pas sur le navire). Puis donc que « être mû » se prend en deux acceptions, nous cherchons maintenant à savoir si c'est par elle-même que l'âme est mue et participe au mouvement.

Comme il y a quatre espèces de mouvements — translation, altération, corruption, accroissement —, c'est selon l'un d'entre eux, ou selon plusieurs, ou selon tous que l'âme sera mue. — Mais si l'âme n'est pas mue par accident, c'est par nature que le mouvement devra lui appartenir. En ce cas, le lieu aussi lui appartiendra par nature, puisque les mouvements susdits se déploient dans le lieu. — De plus, si l'essence de l'âme consiste à se mouvoir elle-même, ce n'est pas par accident que le mouvement lui appartiendra, comme à la blancheur ou à une longueur de trois coudées : celles-ci sont mues, certes, mais par accident ; c'est le sujet auquel ces attributs appartiennent qui est véritablement mû, savoir le corps. C'est pour cette raison même que ces attributs n'ont pas de lieu naturel ; mais l'âme en a un, si c'est par nature qu'elle participe au mouvement. — Autre argument : si elle est mue par nature, elle peut aussi être mue

par force, et [à l'inverse] si elle est mue par force, elle l'est aussi par nature[21]. Il en va de même du repos : car le terme du mouvement naturel est le lieu du repos naturel. Pareillement, le terme du mouvement forcé est le lieu du repos forcé. Mais de quelle sorte seraient les mouvements et repos forcés de l'âme ? Il ne serait guère facile de l'établir, même en laissant libre cours à l'imagination. — De plus, si l'âme est mue vers le haut, elle sera du feu ; mue vers le bas, elle sera de la terre. Car c'est à ces corps-là qu'appartiennent ces divers mouvements. Le même raisonnement vaudra aussi des mouvements intermédiaires. — En outre, puisqu'il est clair que l'âme meut le corps, elle doit, en saine raison, lui imprimer les mouvements mêmes dont elle est mue. En ce cas il serait vrai de dire, à l'inverse, que le mouvement qui affecte le corps est celui-là même qui intéresse l'âme. Or le corps 406 b
est mû par translation : aussi l'âme serait-elle soumise au changement de la même manière que le corps et se déplacerait, soit tout entière, soit dans l'une ou l'autre de ses parties. La chose fût-elle possible, l'âme pourrait alors, une fois sortie du corps, y rentrer à nouveau ; il s'ensuivrait que les animaux, après leur mort, pourraient ressusciter.

Quant au mouvement accidentel, dira-t-on, l'âme peut le recevoir d'un autre être : l'animal subirait une impulsion forcée. Mais l'être qui se meut de lui-même en vertu de son essence ne saurait être mû par un autre, si ce n'est par accident : c'est ainsi que le bien en soi ou par soi ne saurait l'être par un autre ou en vue d'un autre. Au mieux pourrait-on dire que l'âme est mue par les objets sensibles, si l'on admet qu'elle est sujette au mouvement[22]. — Mais en outre admettre que l'âme se meut elle-même, c'est dire qu'elle sera elle aussi en mouvement ; si donc tout mouvement consiste, pour le mobile comme tel, à se quitter lui-même, l'âme à son tour devrait quitter sa propre essence, si ce n'est pas par accident qu'elle se meut, mais que le mouvement appartienne à son essence par soi[23].

Certains prétendent aussi que l'âme meut le corps où elle se trouve de la même manière dont elle est mue : tel Démocrite, proche, en ses dires, de Philippe l'auteur comique[24]. Celui-ci dit en effet que Dédale donna le mouvement à son Aphrodite de bois en y versant du vif-argent. Or Démocrite s'exprime de manière semblable : selon lui, les atomes sphériques sont en mouvement parce que leur nature les empêche de demeurer jamais en repos, et ils entraînent et meuvent le corps tout entier. Nous demanderons, pour notre part, si ce même principe produit aussi le repos. Comment le produirait-il, il serait difficile, voire impossible de le dire. De toute manière, ce n'est pas ainsi que l'âme semble mouvoir l'animal, mais selon une sorte de choix et de pensée.

C'est de la même façon que le *Timée* donne une explication physique du mouvement imprimé par l'âme au corps[25] : étant elle-même en mouvement, l'âme meut le corps à son tour parce qu'elle lui est entrelacée. [Le démiurge], en effet, a composé l'âme des divers éléments et l'a partagée selon les nombres harmoniques : cela pour que l'âme eût un sens inné de l'harmonie et que l'univers accomplît des mouvements harmonieux; puis il courba la ligne droite en forme de circonférence. Alors il divisa l'unité[26] en deux circonférences tangentes
407 a en deux points; puis divisa encore l'une d'elles en sept circonférences, dans la pensée que les révolutions du ciel s'identifient aux mouvements de l'âme.

Or, tout d'abord, il n'est pas juste de dire que l'âme est une grandeur[27]. Par âme du monde, l'auteur entend, c'est bien clair, quelque chose d'analogue à ce qu'on appelle l'intellect. On ne saurait, en effet, la comparer à l'âme sensitive ni à l'âme appétitive, dont le mouvement propre n'est pas une révolution[28]. D'autre part, l'intellect est un et continu comme l'intellection, et l'intellection s'identifie aux concepts. Or ceux-ci présentent une unité de consécution comme le nombre, et diffèrent en cela de la grandeur. Voilà pourquoi l'intellect à son tour ne peut être continu comme celle-ci, mais ou bien il sera sans parties, ou bien sa continuité ne sera pas celle d'une grandeur quelconque.

En outre, comment pourrait-il donc bien penser s'il est une grandeur[29] ? Pensera-t-il par tout lui-même ou par l'une quelconque de ses parties ? « Par une partie » signifie soit selon la grandeur, soit selon le point — si toutefois le point mérite le nom de partie. Si donc il pense selon le point, comme les points sont infinis en nombre, il appert que jamais l'intellect ne pourra les parcourir. Mais s'il pense selon la grandeur, il pensera la même chose une pluralité ou une infinité de fois. Or manifestement il ne le peut faire qu'une seule fois. Si d'ailleurs il lui suffit d'entrer en contact avec l'objet par l'une quelconque de ses parties, à quoi bon le mouvement circulaire ou, absolument, la grandeur qu'on lui attribue ? Et s'il lui faut penser l'objet par le contact de sa circonférence entière, que devient le contact des parties ? De plus, comment pensera-t-il le divisible par l'indivisible ou l'indivisible par le divisible ? Or il est nécessaire que l'intellect soit le cercle en question : car le mouvement de l'intellect, c'est l'intellection, celui du cercle, la révolution. Si donc l'intellection est une révolution, l'intellect à son tour sera le cercle doué d'une telle révolution, savoir l'intellection.

En outre quel objet pourra-t-il donc penser éternellement[30] ? Sa pensée doit être en effet éternelle, puisque la révolution l'est aussi. En effet, les pensées pratiques ont des limites (toutes ont une autre chose pour fin), et les pensées théorétiques sont limitées de la même manière que leurs énoncés. Or tout énoncé est définition ou démonstration : les démonstrations partent d'un principe et trouvent en quelque sorte leur terme dans le syllogisme ou la conclusion. Mais si les démonstrations ne sont pas limitées, du moins ne se retournent-elles pas vers leur principe, mais par l'addition successive d'un moyen terme et d'un extrême, elles progressent en ligne droite. La révolution, par contre, se retourne vers son principe. Quant aux définitions, elles sont toutes limitées.

De plus, si la même révolution se répète plusieurs fois, l'intellect devra plusieurs fois aussi penser la même chose[31]. — En outre l'intellection ressemble à un repos et à un arrêt plutôt qu'à un mouvement, et il en est de même du syllogisme[32]. Or, assurément, n'est pas pleine-
407 b ment heureux ce qui est difficile et forcé; si donc le mouvement est la négation de l'essence de l'âme, c'est contre sa nature qu'elle sera mue[33]. — Bien plus, il est pénible d'être uni au corps sans pouvoir s'en détacher[34]; de surcroît, cette union est à éviter, s'il est vrai que pour l'intellect mieux vaut n'être pas lié à un corps : on le dit communément et beaucoup en conviennent. — Autre difficulté[35] : une obscurité subsiste sur la cause de la révolution du ciel. Ce n'est pas en effet l'essence de l'âme qui est cause de cette révolution, mais c'est par accident qu'elle est entraînée dans ce mouvement[36]. Ce n'est pas non plus le corps qui en est cause : ce serait plutôt l'âme. Mais on ne dit même pas qu'il en est mieux ainsi. Pourtant la raison pour laquelle Dieu fait mouvoir l'âme d'un mouvement circulaire devrait être celle-ci : que le mouvement est meilleur pour elle que le repos, et tel mouvement plutôt que tel autre.

Mais une discussion de cette nature relève plutôt d'un autre traité[37] : écartons-la présentement. Voici par contre une absurdité qu'on relève dans la doctrine précédente et dans la plupart des doctrines sur l'âme. On rattache l'âme à un corps et on l'introduit en lui, sans aucunement définir la cause de cette union ni l'état du corps en question. Il semblerait pourtant que ce fût indispensable. C'est en effet grâce à un élément commun qu'un terme agit en quelque manière et que l'autre pâtit, que l'un est mû et que l'autre meut, et aucun de ces rapports mutuels ne s'établit entre des termes pris au hasard[38]. Or nos théoriciens s'efforcent seulement de déterminer quelle sorte d'être est l'âme, mais pour le corps qui doit la recevoir ils n'apportent plus aucune détermination; comme s'il se pouvait, conformément aux mythes pythagoriciens, que n'importe quelle âme pénètre dans n'importe quel corps! [Opinion absurde], car il semble que chaque corps possède une forme et une figure particulières. Leur théorie revient donc à peu près à dire que l'art du charpentier descend dans les flûtes. Il faut en effet que l'art se serve de ses instruments, et l'âme de son corps.

4

Mais une autre opinion nous a été transmise sur l'âme : digne de foi selon beaucoup de penseurs, elle ne le céderait à aucune de celles déjà mentionnées; en outre elle a produit ses raisons comme on rend des comptes, jusque dans les discours tenus en public. Une harmonie : telle serait l'âme selon certains[39]. En effet, l'harmonie serait un mélange ou une sorte de combinaison de contraires — et le corps un composé de contraires.

Pourtant, l'harmonie est une certaine proportion des corps mélangés, ou leur combinaison, tandis que l'âme ne peut être ni l'une ni l'autre. De plus, être principe moteur n'est pas le fait d'une harmonie : or c'est à l'âme que tous les penseurs attribuent cette propriété comme **408 a**
caractère principal, peut-on dire. Il convient mieux de parler d'harmonie au sujet de la santé, et, en général, des vertus corporelles, qu'au sujet de l'âme. L'évidence

s'impose si l'on essaie de rattacher chacun des états et des actes de l'âme à une harmonie particulière : il serait difficile en effet de les harmoniser! — De plus, en parlant d'harmonie, nous avons deux choses en vue : au sens le plus propre, quand il s'agit des grandeurs qui comportent mouvement et position, la combinaison de ces grandeurs, lorsque la nature de leur composition exclut tout élément de même espèce[40] ; en outre, au sens dérivé, nous entendons par harmonie la proportion des éléments mélangés. Or en aucun de ces deux sens la raison ne permet de dire que l'âme soit une harmonie; en particulier, qu'elle soit la combinaison des parties du corps, c'est chose trop aisée à réfuter[41]. Nombreuses en effet et variées sont les combinaisons de ces parties : quelle est donc la partie du corps dont l'intellect doit être regardé comme la combinaison et de quelle espèce sera cette dernière? Mêmes questions pour l'âme sensitive ou l'âme appétitive. — Il est tout aussi absurde d'identifier l'âme à la proportion du mélange. On ne retrouve pas, en effet, la même proportion dans le mélange d'éléments qui constitue tantôt la chair et tantôt l'os. La conséquence, c'est que le vivant aura des âmes multiples et réparties dans le corps entier, puisque toutes les parties sont composées par le mélange des éléments et que la proportion du mélange est une harmonie, c'est-à-dire une âme.

On pourrait aussi poser à Empédocle la question que voici. Chacune des parties du corps, selon lui, consiste en une certaine proportion : l'âme est-elle donc identique à cette proportion ou plutôt n'est-elle pas quelque autre chose qui apparaît dans les parties? De plus, l'amitié est-elle cause de n'importe quel mélange ou de celui qui réalise la proportion? Et l'amitié à son tour est-elle la proportion ou quelque autre chose distincte de la proportion? — Telles sont les difficultés que comportent ces opinions.

Mais d'autre part si l'âme est autre chose que le mélange, pourquoi donc, lorsque disparaît l'essence de la chair, celle des autres parties de l'animal disparaît-elle aussi ? — De surcroît, s'il est faux que chacune des parties ait une âme — l'âme n'étant pas la proportion du mélange —, qu'est-ce qui périt quand l'âme quitte le corps ?

Ainsi donc, il est impossible que l'âme soit une harmonie et qu'elle soit soumise au mouvement circulaire : cela ressort clairement de ce qui précède. Pourtant, qu'elle soit mue par accident, disions-nous, et qu'elle se meuve elle-même, c'est possible : si le mouvement affecte le sujet où elle réside et que ce mouvement soit imprimé par l'âme ; mais il n'est aucune autre manière, pour elle, de se mouvoir dans le lieu — On serait plus fondé à s'interroger sur le mouvement de l'âme eu égard 408 b
à des considérations comme celles-ci. Nous disons que l'âme éprouve chagrin et joie, audace et crainte, et encore qu'elle s'irrite, qu'elle sent, qu'elle pense. Or tous ces états semblent être des mouvements. Aussi pourrait-on conclure que l'âme elle-même est mue, se réjouit et pense. Mais la conséquence ne s'impose pas. Admettons en effet, autant que l'on voudra, que le chagrin, la joie, la pensée sont des mouvements, et que chacun est un mouvement reçu ; que ce mouvement est produit par l'âme — comme si la colère ou la crainte consistaient en tel mouvement déterminé du cœur, et la pensée discursive en un mouvement du même organe ou peut-être de quelque autre ; ces mouvements seraient, par suite, les uns des déplacements de certains organes, les autres des altérations (de quelle sorte et selon quel mode, c'est une autre question) ; mais dire que l'âme est en colère revient à peu près à dire que l'âme tisse ou bâtit. Mieux vaudrait sans doute ne pas dire que l'âme a pitié, apprend ou pense, mais plutôt l'homme par son âme. Encore faut-il entendre non pas que celle-ci soit le siège

du mouvement, mais que le mouvement trouve en elle tantôt son aboutissement, tantôt son point de départ : la sensation, par exemple, part de tels objets déterminés[42], tandis que le rappel part de l'âme pour atteindre les mouvements ou résidus demeurés dans les organes sensoriels.

Quant à l'intellect, il semble provenir en nous comme une substance et n'être pas sujet à la corruption. Tout au plus, en effet, pourrait-il se corrompre par suite de l'affaiblissement dû à la vieillesse, mais en fait il arrive ici la même chose que dans le cas des organes sensoriels : car si le vieillard recouvrait un œil sain, il verrait comme le jeune homme. Aussi la vieillesse ne consiste-t-elle pas en une passion subie par l'âme mais par le sujet, comme dans le cas de l'ivresse et des maladies. Ainsi donc c'est l'exercice de la pensée et de la science qui décline quand un organe interne quelconque se corrompt, mais la pensée en soi est impassible. Quant à l'exercice de la pensée discursive, l'amour ou la haine, ce ne sont pas des attributs de cette pensée en soi, mais du sujet individuel qui la possède en tant qu'il la possède. Aussi, lorsque ce sujet se corrompt, n'y a-t-il plus ni souvenir ni amour : ce ne sont pas là, disions-nous, des attributs de cette pensée en soi, mais du composé qui a péri; quant à l'intellect, il est sans doute quelque chose de plus divin et d'impassible.

Ainsi donc est-il impossible que l'âme soit mue : cela ressort clairement de ce qui précède; mais s'il faut la soustraire absolument au mouvement, il est évident qu'elle ne saurait se mouvoir elle-même. Or parmi les opinions susdites[43], la plus absurde, de beaucoup, c'est de soutenir que l'âme est un nombre automoteur. Les tenants de cette opinion joignent donc aux impossibilités premières, relatives au mouvement de l'âme, celles
409 a qui sont propres à la définition de l'âme comme nombre. — Comment en effet faut-il concevoir une

unité en mouvement ? Par quoi et comment sera-t-elle mue puisqu'elle est sans parties et indifférenciée ? Car si elle est motrice et mobile, elle doit être différenciée[44]. — En outre[45], puisque en se mouvant, dit-on, la ligne engendre la surface et le point la ligne, les mouvements des unités, à leur tour, décriront des lignes. En effet, le point est une unité occupant une position : or le nombre de l'âme est déjà quelque part et occupe une position. — De plus, si d'un nombre donné on soustrait un nombre ou une unité[46], le reste est un nombre différent ; tandis que les plantes et beaucoup d'animaux survivent après division et semblent conserver la même âme spécifique. De même, d'ailleurs, semble-t-il indifférent de parler d'unités ou de corpuscules[47]. Car si les atomes sphériques de Démocrite sont réduits à des points et que seule demeure leur quantité numérique, celle-ci comprendra une fraction motrice et une fraction en mouvement — comme c'est le cas du continu : ce n'est en effet ni la grandeur ni la petitesse qui changeront quelque chose à ce que nous avons dit, mais seulement la quantité. Aussi est-il nécessaire d'admettre un principe quelconque pour mouvoir les unités. Or si chez l'animal le moteur est l'âme, il en sera de même dans le nombre, si bien que l'âme ne sera pas le moteur et le mû réunis mais le moteur seulement. Or comment serait-il possible que l'âme soit une unité ? Il faudrait en effet qu'elle se distinguât en quelque façon des autres unités. Or pour une unité ponctuelle, quel principe de distinction peut-il y avoir hormis la position[48] ? — Que si les unités, c'est-à-dire les points du corps sont différents des unités de l'âme, ces dernières unités seront dans le même lieu que celles du corps : chaque unité occupera en effet la place d'un point[49]. Mais qui empêchera qu'il y ait dans le même lieu une infinité de points, s'il y en a déjà deux[50] ? — Si en effet le lieu est indivisible, les choses correspondantes le sont aussi. Que si au contraire les points du corps constituent le nombre même de l'âme, c'est-à-dire si la somme des points du corps est l'âme, pour quelle raison tous les corps n'ont-ils pas une âme ? Il semble en effet qu'en tous les corps sans exception il y ait des points, et en nombre infini. En outre, comment serait-il possible que les points soient séparés et détachés des corps, si du moins l'on n'admet pas que les lignes se résolvent en points[51].

5

On aboutit donc, nous l'avons dit, d'une part à reprendre la thèse qui fait de l'âme une sorte de corps
409 b subtil, de l'autre, tout en rejoignant Démocrite pour qui le mouvement est causé par l'âme, à des difficultés particulières[52]. Si en effet l'âme réside dans tout le corps doué de sensibilité, le même lieu contiendra nécessairement deux corps dès lors que l'âme est une sorte de corps. Quant à ceux qui font de l'âme un nombre, ils devront admettre que dans un seul point il y a en fait une pluralité de points — ou que tout corps possède une âme, à moins qu'un nombre différent ne survienne en nous, c'est-à-dire un nombre distinct de la somme des points présents dans le corps. Autre conséquence : l'animal est mû par le nombre ; c'est bien ainsi, disions-nous, que Démocrite lui accordait le mouvement. Quelle différence y a-t-il, en effet, à parler de petits atomes sphériques ou de grandes unités ? — ou, absolument, d'unités en mouvement ? Dans l'un et l'autre cas, on est contraint d'attribuer le mouvement de l'animal à la translation de ces mêmes unités. Ainsi donc, à vouloir combiner en une même réalité mouvement et nombre, on aboutit à ces impasses et à beaucoup d'autres du même genre : les caractères susdits ne sauraient en effet constituer la définition de l'âme, ni même convenir à ses

propriétés accidentelles. En voici la preuve : qu'on essaie, en partant de cette définition, de rendre compte des affections et des actes de l'âme, tels que raisonnements, sensations, plaisirs, peines et ainsi de suite ; nous le disions précédemment[53] : une simple conjecture même serait malaisée en partant de ces caractères.

Il y a donc trois manières traditionnelles de définir l'âme : les uns la déclarent le principe moteur par excellence parce qu'elle se meut elle-même, d'autres en font un corps, le plus subtil ou le plus « incorporel » de tous (les difficultés et démentis que rencontrent ces opinions ont été suffisamment exposés ci-dessus). Reste donc à juger l'opinion qui constitue l'âme en partant des éléments[54]. La raison invoquée, c'est que l'âme doit percevoir les êtres et connaître chacun d'eux : mais cela entraîne nécessairement de nombreuses conséquences irrecevables en saine raison. On se donne en effet comme principe que le semblable est connu par le semblable, ce qui reviendrait à poser que l'âme s'identifie aux choses[55]. Or les éléments ne sont pas seuls en cause : il est une multiplicité — disons plutôt un nombre illimité — de choses qui procèdent des éléments. Supposons donc que les éléments d'où procède chacune d'elles soient connus et perçus par l'âme. Mais le composé, comment l'âme pourra-t-elle le connaître ou le percevoir — par exemple ce qu'est le dieu, l'homme, la chair ou l'os? La même question se pose pour n'importe 410 a
lequel des composés : car ce n'est pas un état quelconque des éléments qui constitue chacun des composés, mais une proportion et composition définie ; Empédocle lui-même l'affirme au sujet de l'os :

La terre accueillante, en ses creusets aux vastes flancs,
Reçut deux parts sur huit de l'éclatante Nestis
Et quatre d'Héphaïstos : alors naquirent les os blancs[56].

À rien ne sert, par conséquent, la présence des éléments dans l'âme, si à leur tour les proportions et la combinaison n'y sont pas : car chaque élément connaîtra son semblable, mais l'os ou l'homme ne seront connus par rien s'ils ne sont eux-mêmes présents dans l'âme. Que ce soit impossible, il n'est pas besoin de le dire. Qui en effet s'aviserait de demander s'il y a dans l'âme une pierre ou un homme ? Il en va ainsi du bien et du non-bien, et c'est encore le même cas pour tout le reste.

Autre difficulté[57] : puisque l'être comporte de multiples acceptions — il signifie l'être individuel concret, la quantité, la qualité, ou l'une quelconque des catégories que l'on a distinguées —, est-ce de toutes ces catégories que l'âme sera constituée ou non ? Or, en fait, les éléments ne semblent pas appartenir en commun à toutes les catégories. Faudra-t-il dire que les éléments qui appartiennent aux substances sont les seuls principes de l'âme ? En ce cas, comment celle-ci peut-elle connaître chacun des autres êtres ? Dira-t-on que chaque genre a ses éléments et principes propres dont l'âme serait composée ? Alors elle serait quantité, qualité et substance. Mais il serait impossible que, dérivant des éléments de la quantité, l'âme soit substance et non pas quantité. Ainsi ceux qui composent l'âme de tous les éléments se heurtent à ces difficultés et à d'autres analogues.

Voici encore une absurdité[58] : on prétend que le semblable ne peut pâtir par l'effet du semblable; mais d'autre part, on dit que le semblable perçoit le semblable et que le semblable connaît par le semblable. Or on fait consister la sensation dans une sorte de passion et de mouvement, et il en est de même pour l'intellection et la connaissance.

Il y a donc beaucoup de difficultés et d'embarras à soutenir, avec Empédocle, que c'est par les éléments des corps que chaque chose est connue et en relation avec son semblable; en voici une nouvelle preuve[59]. En effet, tout ce qui dans le corps des animaux est fait seulement de terre, comme les os, les tendons, les poils, ne semble 410 b percevoir aucun objet, donc pas même ceux qui lui sont semblables. Il le faudrait pourtant [dans l'hypothèse].

En outre, chacun des principes ignorera plus de choses qu'il n'en pourra saisir : chacun en effet connaîtra une seule chose, mais en ignorera beaucoup, c'est-à-dire toutes les autres. Empédocle lui-même aboutit du moins à ce résultat que le plus inintelligent des êtres, c'est Dieu : il serait le seul en effet à ne pas connaître l'un des éléments — la haine — tandis que les êtres mortels les connaissent tous parce que chacun procède d'eux tous. — D'une manière générale, pour quelle raison tous les êtres n'ont-ils pas une âme, puisque chacun est un élément, ou dérive d'un élément, de plusieurs ou de tous ? Cela entraîne nécessairement que chaque pays connaisse l'un des éléments, plusieurs d'entre eux ou leur totalité. — On peut encore se demander quel est le principe unificateur des éléments dans l'âme : c'est d'une matière, sans doute, que les éléments semblent jouer le rôle, mais le principe le plus noble est celui, quel qu'il soit, qui les réunit. Or qu'il y ait quelque chose de meilleur que l'âme et de supérieur à elle, c'est là une impossibilité ; mais l'impossibilité est plus grande encore s'il s'agit de l'intellect, car, en toute rigueur de raison, c'est lui qui est absolument premier et souverain par nature. Or les éléments, selon nos théoriciens, sont les premiers des êtres[60].

Tous ces penseurs, d'ailleurs, soit qu'ils constituent l'âme en partant des éléments parce qu'elle connaît et perçoit les êtres, soit qu'ils en fassent le principe moteur par excellence, ne traitent pas de toute espèce d'âme. Aussi bien les êtres doués de perception ne possèdent pas tous le mouvement : il est clair que certains animaux sont immobiles selon le lieu. Et pourtant cette sorte de mouvement semble être la seule que l'âme

puisse imprimer à l'animal. Même lacune chez ceux qui constituent l'intellect et la faculté sensitive en partant des éléments. Il est clair, en effet, que les plantes vivent sans pouvoir se déplacer ni sentir et que beaucoup d'animaux n'ont pas la faculté de penser. Quand bien même on accorderait ces derniers points et qu'on fît de l'intellect une partie de l'âme — et de même pour la faculté sensitive —, les dires de nos théoriciens ne vaudraient pas, pour autant, de toute espèce d'âme ni d'une âme quelconque prise dans sa totalité. Sous ce même grief tombe aussi la doctrine exprimée dans les vers attribués à Orphée : d'après elle, l'âme provient de l'univers extérieur et pénètre dans les êtres vivants par la respiration, les vents lui servant de véhicule — chose
411 a impossible dans le cas des plantes et de certains animaux, puisque tous ne sont pas doués de respiration ! C'est ce qui a échappé aux tenants de cette opinion. — Quand bien même il faudrait constituer l'âme en partant des éléments, il n'est nullement nécessaire de les prendre tous comme principes. En effet, l'un ou l'autre terme de la contrariété suffit à se juger lui-même ainsi que son contraire. C'est ainsi que par la ligne droite nous connaissons la ligne droite elle-même et la courbe, car la règle les juge tous deux (tandis que la courbe ne juge ni elle-même ni la ligne droite)[61].

Certains autres penseurs déclarent que l'âme est mêlée à l'univers entier : peut-être est-ce l'origine de l'opinion de Thalès que tout est plein de dieux. Mais cela présente certaines difficultés : pour quelle raison, en effet, l'âme qui se trouve dans l'air ou dans le feu n'en fait-elle pas un animal, tandis qu'elle le fait dans les corps mixtes — d'autant plus qu'elle semble plus parfaite dans les premiers ? Il faudrait d'ailleurs se demander pour quelle raison l'âme qui se trouve dans l'air l'emporte en perfection et en immortalité sur celle des animaux. — Mais qu'on réponde d'une manière ou de l'autre, on tombe dans l'absurde ou le paradoxe : qualifier d'animaux le feu ou l'air est une affirmation des plus paradoxales, et refuser cette qualité d'animaux aux êtres qui possèdent une âme est absurde. Mais si on semble supposer que l'âme réside dans ces éléments, c'est parce que le tout est spécifiquement identique aux parties : aussi est-on contraint de dire que l'âme universelle à son tour est spécifiquement identique à ces parties, puisque c'est par un élément détaché du milieu ambiant et présent en eux que les animaux sont animés. Mais si l'air ainsi détaché est spécifiquement homogène, tandis que l'âme est spécifiquement hétérogène, il est clair qu'une partie de cette âme se trouvera dans cet air, mais que l'autre ne s'y trouvera pas. La conclusion s'impose : ou l'âme est homogène, ou elle n'est pas contenue en n'importe quelle partie du tout.

Ainsi nos exposés le montrent clairement : la connaissance n'appartient pas à l'âme du fait qu'elle dérive des éléments; de plus on ne saurait dire avec raison et en vérité que l'âme est mue.

Mais en fait la connaissance appartient à l'âme, ainsi que la sensation, l'opinion, et encore le désir, la délibération, en un mot les appétits; d'autre part, si les animaux se meuvent localement, c'est grâce à l'âme; il en va de même pour la croissance, la maturité et le dépérissement. Dès lors, est-ce à l'âme entière qu'appartient chacune de ces activités? Est-ce avec l'âme entière que **411 b**
nous pensons, sentons, nous mouvons et ainsi de suite pour chacune de nos activités et affections? Ou est-ce par différentes parties de l'âme que nous agissons différemment? Et la vie, à son tour, réside-t-elle dans l'une quelconque de ces parties et une seule, en plusieurs ou en toutes — ou en faut-il chercher ailleurs la cause? — Il est des penseurs pour prétendre que l'âme est divisible, et qu'une partie pense tandis que l'autre désire[62]. Qu'est-ce donc alors qui peut faire l'unité de l'âme si elle

est divisible par nature ? Ce n'est certes pas le corps ; c'est plutôt l'âme, au contraire, qui semble faire l'unité du corps : quand elle se retire, en effet, il se dissipe et se corrompt. Si donc il y a un autre principe qui fasse l'unité de l'âme, c'est en lui, plus qu'en tout autre, qu'il faudrait reconnaître l'âme. Mais il faudra de nouveau se demander si ce principe est un ou multiple. S'il est un, pourquoi ne pas attribuer d'emblée l'unité à l'âme elle-même ? Si par contre il est divisible, derechef le raisonnement devra chercher ce qui en fait l'unité et ira ainsi jusqu'à l'infini. — On pourrait encore se demander au sujet des parties de l'âme quelle puissance chacune exerce sur le corps. Car si c'est l'âme entière qui fait l'unité du corps entier, il faut que chacune de ses parties fasse l'unité d'une partie du corps. Mais cela paraît impossible : de quelle partie, en effet, et comment l'intellect fera-t-il l'unité ? Il serait difficile même de l'imaginer !

L'observation montre, d'autre part, que les plantes continuent de vivre une fois divisées, et parmi les animaux certains insectes — comme si les segments possédaient une âme spécifique identique bien que différente quant au nombre : chacun des segments conserve en effet la sensibilité et le mouvement local pendant un certain temps. Mais s'ils ne survivent pas par la suite, il n'y a là rien d'étonnant, puisqu'ils manquent des organes nécessaires à la conservation de leur nature. Il n'en demeure pas moins que dans chaque segment toutes les parties de l'âme se trouvent incluses, les âmes des segments étant spécifiquement identiques entre elles et à l'âme entière — c'est-à-dire que les parties ne sont pas séparables les unes des autres tandis que l'âme entière est divisible[63]. — Il semble en outre que le principe contenu dans les végétaux est lui-même une sorte d'âme : car c'est le seul principe commun aux animaux et aux végétaux; il peut exister séparé du principe sensitif, tandis que sans lui aucun être n'est doué de sensation[64].

LIVRE II

1

Voilà donc exposées les opinions transmises par nos 412 a devanciers au sujet de l'âme. Remontons maintenant jusqu'à notre point de départ, pour essayer de définir ce qu'est l'âme et quelle pourrait être sa définition la plus générale.

L'un des genres de l'être, disons-nous, est la substance. En un premier sens, la substance c'est la matière, c'est-à-dire ce qui, par soi, n'est pas tel être déterminé; en un deuxième sens, c'est la figure et la forme qui dès lors valent à la matière d'être appelée tel être déterminé; en un troisième sens, c'est le composé de ces deux principes[1]. De plus la matière est puissance, la forme entéléchie — et cela en deux sens : soit comme la science, soit comme l'exercice actuel de la science[2].

Substances, les corps semblent l'être au premier chef, en particulier les corps naturels : ceux-ci sont en effet les principes des autres. Parmi les corps naturels, les uns ont la vie, les autres ne l'ont pas; la vie telle que je l'entends consiste à se nourrir soi-même, à croître et à dépérir. Aussi tout corps naturel doué de vie sera-t-il une substance, en prenant « substance » au sens de composé. Mais puisqu'il s'agit en outre d'un corps de telle qualité — à savoir : doué de vie — le corps ne saurait être identique à l'âme : en effet, le corps ne compte pas au nombre des attributs d'un sujet mais il est plutôt lui-même sujet et matière. Il s'ensuit nécessairement que l'âme est substance au sens de forme d'un corps naturel possédant la vie en puissance. Or la substance formelle est entéléchie : l'âme est donc l'entéléchie d'un corps de cette sorte.

Mais l'entéléchie est prise en deux sens : soit comme la science, soit comme l'exercice actuel de la science. Il est donc clair que l'âme est entéléchie au même titre que la science. Car le fait d'être animé comporte les deux états de veille et de sommeil : la veille correspond à l'exercice de la science, le sommeil à la possession de celle-ci sans l'exercice. Or l'antériorité dans l'ordre du devenir, et pour un même sujet, revient à la science. Aussi l'âme est-elle l'entéléchie première d'un corps naturel possédant la vie en puissance : tel est le cas de
412 b tout corps organisé. Les parties des plantes elles-mêmes sont des organes, mais d'une extrême simplicité — par exemple la feuille protège le péricarpe et le péricarpe protège le fruit; les racines correspondent à la bouche puisque les unes comme l'autre absorbent la nourriture. Si donc il faut proposer une définition générale qui s'applique à toute espèce d'âme, disons que celle-ci est l'entéléchie première d'un corps naturel organisé. Aussi n'y a-t-il pas lieu de se demander si l'âme et le corps ne font qu'un, pas plus que pour la cire et la figure ni, en général, pour telle matière singulière et ce dont elle est la matière. Car si l'un et l'être comportent plusieurs sens, ce qui est l'un et l'autre au sens propre, c'est l'acte.

Voilà donc, d'une manière générale, ce qu'est l'âme : une substance au sens de forme, entendons : l'essence propre de tel corps déterminé. Supposons qu'un instrument quelconque soit un corps naturel — par exemple la hache : la « hachéité » serait sa substance formelle, et c'est cela même qui serait l'âme; si elle venait à en être séparée, ce ne serait plus une hache sinon par homonymie. En réalité, c'est une hache : car ce n'est pas d'un corps de cette sorte que l'essence propre et la forme sont l'âme, mais d'un corps naturel de telle qualité, c'est-à-dire ayant en soi un principe de mouvement et de repos.

Il reste à vérifier cette affirmation sur les différentes parties du corps. Si l'œil était un animal complet, la vue en serait l'âme : c'est là en effet la substance de l'œil, substance au sens de forme. Quant à l'œil, il est la matière de la vue, et celle-ci disparaissant il n'est plus un œil, sinon par homonymie comme un œil de pierre ou dessiné. Il faut donc étendre ce qui vaut d'une partie à la totalité du corps vivant : le rapport qui existe entre la partie [du point de vue de la forme] et cette même partie [du point de vue de la matière] se retrouve entre le tout de la faculté sensitive et le tout du corps doué de sensibilité pris comme tel. De plus, ce n'est pas le corps séparé de l'âme qui est en puissance de vivre, mais celui qui la possède; à leur tour, la semence et le fruit sont en puissance un corps de cette sorte. Ainsi donc, c'est au même titre que l'action de trancher et la vision, que l'état de veille à son tour est entéléchie; mais c'est **413 a**
comme la vue et la puissance de l'instrument que l'âme est entéléchie[3]. Quant au corps, il est le principe potentiel. Mais de même que l'œil se compose de la pupille et de la vue, de même ici est-ce l'âme et le corps qui font l'animal.

L'âme n'est donc pas séparable du corps, du moins en certaines de ses parties, si sa nature admet la divisibilité : cela n'est pas douteux; il est en effet des parties de l'âme dont l'entéléchie est celle des organes correspondants. Il n'en est pas moins vrai que pour certaines autres parties rien n'empêche la séparation, parce qu'elles ne sont l'entéléchie d'aucun organe corporel[4]. Il reste encore à déterminer si l'âme est l'entéléchie du corps comme un pilote en son navire.

Voilà donc le schéma et l'esquisse d'une définition de l'âme.

2

Ce sont des données obscures en soi, mais particulièrement apparentes pour nous, qui engendrent ce qui est clair et plus connaissable pour la raison; aussi devons-nous essayer de reprendre selon une telle méthode notre discussion sur l'âme. Il ne faut pas en effet se contenter, dans l'énoncé d'une définition, d'exprimer un fait comme c'est le cas dans la plupart des définitions : il faut aussi que la cause y soit présente et rendue manifeste; en réalité les énoncés de définitions se présentent comme des conclusions. Si l'on demande, par exemple : « qu'est-ce que la quadrature ? », on répondra : c'est l'équivalence d'un rectangle équilatéral à un rectangle quelconque. Or une définition de cette sorte est l'énoncé d'une conclusion. Dire au contraire que la quadrature est la découverte d'une moyenne proportionnelle, c'est exprimer la cause de la chose.

Disons donc — et tel est le principe de notre recherche — que ce qui distingue l'animé de l'inanimé, c'est la vie. Or il y a plusieurs manières d'entendre la vie, et il suffit qu'une seule d'entre elles se trouve réalisée dans un sujet pour qu'on le dise vivant : que ce soit l'intellect, la sensation, le mouvement et le repos selon le lieu, ou encore le mouvement qu'implique la nutrition, enfin le dépérissement et la croissance. C'est pour cette raison que toutes les plantes[5] mêmes sont considérées comme des vivants; on constate en effet qu'elles possèdent un pouvoir et principe interne qui les rend capables de croître et de décroître selon les directions opposées : car la croissance ne s'opère pas vers le haut à l'exclusion du

bas, mais vers les deux à la fois et en tous sens, chez tous les êtres qui s'alimentent régulièrement et vivent aussi longtemps qu'ils peuvent absorber de la nourriture. Cette fonction peut être donnée indépendamment des autres, mais à l'inverse celles-ci ne peuvent, chez les êtres mortels, être séparées de celle-là. C'est évident chez les plantes : elles ne possèdent en effet aucune autre puissance de l'âme. C'est donc grâce à ce principe 413 b
que la vie appartient aux vivants, tandis que l'animal n'est constitué primitivement que par la sensation. La preuve en est qu'aux êtres privés de mouvement et de motricité selon le lieu, mais doués de sensation, nous donnons le nom d'animaux et non pas seulement de vivants. — La fonction sensorielle primaire qui appartient à tous les animaux est le toucher. De même que la faculté nutritive peut être donnée indépendamment du toucher et de toute sensation, le toucher à son tour peut être séparé des autres sens. Nous appelons faculté nutritive cette partie de l'âme dont les végétaux ont leur part; quant aux animaux, on constate qu'ils possèdent tous le sens du toucher. En ce qui concerne la raison d'être de chacun de ces faits, nous l'exposerons plus loin.

Pour le moment, contentons-nous de dire que l'âme est le principe des facultés susdites et se définit par elles, à savoir : les facultés nutritive, sensitive, pensante et le mouvement. Mais chacun de ces principes est-il une âme ou une partie de l'âme? Et s'il en est une partie, est-ce de telle manière qu'il puisse être séparé par la pensée seulement ou selon le lieu? Pour certains d'entre eux la réponse ne présente pas d'obscurité, mais d'autres comportent des difficultés. En effet, certaines plantes semblent conserver la vie quand on les divise et bien que leurs parties soient séparées les unes des autres, comme si l'âme présente en elles était une entéléchie dans chaque plante mais multiple en puissance : or on voit la même chose se produire pour d'autres

différenciations de l'âme dans le cas des insectes que l'on divise. Car chaque segment conserve la sensation et le mouvement local : mais avec la sensation il conserve aussi l'imagination et le désir, car là où il y a sensation se trouvent aussi douleur et plaisir, et avec ceux-ci nécessairement aussi l'appétit. Quant à l'intellect et à la faculté spéculative nous n'avons pas encore d'évidence, mais il semble que ce soit un autre genre d'âme, et lui seul peut être séparé, comme l'éternel du corruptible. Quant aux autres parties de l'âme, il ressort clairement de ce qui précède qu'elles ne peuvent être séparées comme certains le prétendent[6]. Qu'elles diffèrent logiquement, c'est évident : la faculté sensitive diffère par essence de la faculté d'opiner, puisque l'acte de sentir diffère de l'acte d'opiner[7]. Ainsi en va-t-il de chacune des autres facultés susdites. En outre, certains animaux possèdent à la fois toutes ces facultés, d'autres en possèdent quelques-unes, d'autres enfin une seule — c'est
414 a ce qui fondera la différenciation des espèces animales; la raison en sera examinée ultérieurement[8]. Un fait analogue se retrouve dans le cas des sens : certains animaux les possèdent tous, d'autres quelques-uns seulement, d'autres enfin n'en ont qu'un seul, le plus nécessaire, le toucher.

Mais l'expression « ce par quoi nous vivons et sentons » a deux sens, tout comme « ce par quoi nous savons » (on entend par là tantôt la science, tantôt l'âme, car c'est par l'une et par l'autre, disons-nous, que se réalise le savoir); et de même « ce par quoi nous sommes sains » (à entendre tantôt de la santé, tantôt du corps en l'une de ses parties ou dans sa totalité). Dans ces derniers cas, science et santé représentent en quelque sorte la figure et la forme, la notion, et comme l'acte du sujet récepteur, l'un capable de science, l'autre capable de santé (nous pensons, en effet, que c'est dans le sujet patient et affecté de telle disposition que se réalise l'acte de l'agent). Or l'âme est « ce par quoi nous vivons, sentons et pensons » au titre de principe premier[9] : aussi doit-elle être notion et forme, et non pas matière et substrat.

En effet, la substance, avons-nous dit, peut se prendre en trois sens : d'une part la forme, de l'autre la matière, enfin le composé (la matière étant puissance, la forme entéléchie). Or puisque le composé est l'être animé, ce n'est pas le corps qui est entéléchie de l'âme, mais celle-ci qui est l'entéléchie d'un corps donné. Aussi est-ce à juste raison que, selon certains penseurs, l'âme n'existe pas sans un corps ni ne s'identifie à un corps quelconque : elle n'est pas un corps, en effet, mais quelque chose du corps, et c'est pourquoi elle se trouve dans un corps, et dans tel corps déterminé. On ne peut donc, à la façon de nos devanciers[10], la faire entrer dans un corps et l'y adapter sans préciser aucunement la nature et la qualité de celui-ci : l'expérience montre, au contraire, que n'importe quoi ne peut recevoir n'importe quoi. La même conclusion résulte aussi du raisonnement : pour chaque chose l'entéléchie se réalise par loi de nature dans le sujet en puissance, c'est-à-dire en telle matière appropriée. L'âme est donc une certaine entéléchie et la forme de ce qui est en puissance tel être déterminé : c'est évident d'après ce qui précède.

3

Quant aux puissances de l'âme susdites, certains vivants les possèdent toutes, nous l'avons dit, d'autres n'en ont que quelques-unes, d'autres enfin une seulement. Ces puissances, disions-nous, sont les facultés nutritive, désirante, sensitive, locomotrice, pensante. Les plantes n'ont que la faculté nutritive, d'autres vivants possèdent, outre celle-ci, la faculté sensitive. **414 b**

Mais avec la faculté sensitive, ils ont aussi la faculté désirante. En effet, le désir comprend à la fois l'appétit, le courage, la volonté. Or tous les animaux possèdent l'un des sens : le toucher, et celui qui a la sensation ressent par là même le plaisir et la douleur, l'agréable et le douloureux; les êtres doués de la sorte possèdent aussi l'appétit, puisque celui-ci est le désir de l'agréable. — En outre, les animaux ont la connaissance sensible de l'aliment, puisque le toucher est le sens de l'aliment. En effet, ce sont des substances sèches et humides, chaudes et froides qui constituent la nourriture de tous les êtres vivants, et le sens qui appréhende ces qualités est le toucher (quant aux autres qualités sensibles, elles ne sont connues que par accident. Il n'y a en effet aucun profit à retirer, pour la nourriture, du son, de la couleur ou de l'odeur. Mais la saveur compte au nombre des qualités tangibles). Faim et soif sont des appétits : la faim se porte vers le sec et le chaud, la soif vers le froid et l'humide; quant à la saveur c'est une sorte d'assaisonnement de ces qualités. Ce point devra être éclairci par la suite[11]; pour le moment, bornons-nous à dire que ceux des êtres vivants qui sont doués du toucher ont aussi le désir[12]. Quant à savoir s'ils possèdent l'imagination, c'est une question douteuse à examiner ultérieurement[13]. Outre ces facultés, certains êtres jouissent de la locomotion, d'autres enfin possèdent la faculté pensante et l'intellect : tel l'homme et tout autre être, s'il en est, de condition analogue ou supérieure.

Il est donc évident qu'il faudra reconnaître à la notion d'âme le même type d'unité qu'à la notion de figure géométrique[14] : dans ce dernier cas, il n'est pas de figure en dehors du triangle et de ses dérivés, dans le premier, pas d'âme hormis celles que nous avons énumérées. Parviendrait-on à élaborer pour les figures une notion commune applicable à toutes, elle ne conviendrait en

propre à aucune d'entre elles. Ainsi en va-t-il des âmes susdites. Aussi est-il ridicule de chercher, en ces cas et en d'autres, « la notion commune » — qui ne conviendra en propre à aucun être réel —, et de ne pas s'attacher à l'espèce propre et indivisible en laissant de côté la définition commune. Il en va donc de même dans le cas des figures et en celui de l'âme. Toujours, en effet, le terme postérieur contient en puissance le terme antérieur, qu'il s'agisse des figures ou des êtres animés : par exemple le quadrilatère contient le triangle, la faculté sensitive contient la faculté nutritive. Il faut donc pour chaque type d'êtres vivants se demander quelle sorte d'âme lui appartient en propre : ainsi quelle est l'âme propre à la plante, à l'homme, à la bête. Pour quelle raison les différentes âmes sont-elles ainsi disposées en 415 a
série, nous devrons l'examiner[15]. En effet, sans la faculté nutritive la faculté sensitive n'est jamais donnée ; par contre la faculté nutritive se trouve séparée de la faculté sensitive chez les plantes. De même encore, sans le toucher n'existe aucun autre sens, mais le toucher existe séparément des autres : beaucoup d'animaux, en effet, sont dépourvus de la vision, de l'ouïe et de l'odorat. En outre, parmi les animaux doués de sensibilité, les uns ont le mouvement local, les autres non. Enfin certains animaux, et c'est le petit nombre, ont le raisonnement et la pensée. En effet les êtres périssables doués du raisonnement jouissent aussi de toutes les autres facultés ; mais ceux qui n'ont que l'une ou l'autre de ces dernières ne possèdent pas tous le raisonnement ; les uns n'ont pas même l'imagination, d'autres ne vivent que par elle[16]. Quant à l'intellect spéculatif, c'est une autre question[17]. Ainsi donc, traiter de chacune de ces facultés en particulier est aussi la façon la plus appropriée de traiter de l'âme : la chose est évidente[18].

4

Si l'on veut porter l'examen sur ces facultés de l'âme, il faut déterminer pour chacune son essence : grâce à quoi on étudiera ensuite les propriétés qui s'y rattachent, c'est-à-dire tout le reste. Mais s'il faut définir l'essence de chacune de ces facultés, par exemple l'essence de la faculté intellectuelle, de la faculté sensitive ou de la faculté nutritive, auparavant encore il faut déterminer ce qu'est l'acte de penser, ce qu'est l'acte de sentir : en effet, les actes et les opérations sont logiquement antérieurs aux puissances. Et s'il en est ainsi, puisqu'il faut encore, avant ces actes, avoir étudié leurs objets, c'est de ces derniers que nous devons d'abord traiter et pour la même raison — par objets, j'entends l'aliment, le sensible et l'intelligible. Ainsi est-ce de la nourriture et de la génération que nous devons traiter en premier lieu.

L'âme nutritive appartient à tous les autres vivants aussi bien qu'à l'homme, elle est la première et la plus commune des facultés de l'âme, c'est par elle que la vie est donnée à tous les êtres animés. Ses fonctions sont la génération et la nutrition. En effet, la plus naturelle des fonctions pour tout être vivant parfait, qui n'est pas incomplet ou dont la génération n'est pas spontanée[19], c'est de produire un autre vivant semblable à soi : l'animal produit un animal, la plante une plante, pour
415 b participer à l'éternel et au divin autant que possible; tous les êtres en effet y aspirent et c'est à cette fin qu'ils agissent en toute leur activité naturelle (le terme « fin » a deux acceptions : d'une part le but lui-même, de l'autre le sujet pour qui ce but est une fin). Puis donc qu'il est impossible de communier à l'éternel et au divin de manière continue — car aucun être corruptible ne peut persister dans son identité et son unité individuelle —,

c'est dans la mesure où chacun peut y avoir part qu'il y communie, l'un plus, l'autre moins; et s'il persiste dans l'être, ce n'est pas en lui-même mais semblable à lui-même, non pas dans son unité individuelle mais dans l'unité de l'espèce[20].

L'âme est pour le corps vivant cause et principe. Or ces mots comportent plusieurs significations. Ainsi l'âme est-elle cause selon les trois modes que l'on a déterminés. C'est elle en effet qui est le principe du mouvement, la fin, et c'est encore comme substance formelle des corps animés que l'âme est cause. Qu'elle le soit au titre de substance formelle, c'est évident : la cause de l'être pour toutes choses est la substance formelle; or vivre est, pour les vivants, leur être même, et la cause et le principe de ceux-ci, c'est l'âme. En outre l'être en puissance a pour forme l'entéléchie[21].

Autre évidence : c'est encore au titre de fin que l'âme est cause. De même en effet que l'intellect agit en vue d'un but, de même aussi la nature, et c'est ce qu'on appelle sa fin. Ce qui joue ce rôle chez les animaux, et conformément à la nature, c'est l'âme. En effet, tous les corps naturels [vivants] sont de simples instruments de l'âme, aussi bien ceux des animaux que ceux des plantes : ce qui montre qu'ils ont l'âme pour fin. Double est l'acception du terme « fin » : le but lui-même et le sujet pour qui ce but est une fin.

Mais en outre le principe premier du mouvement local, c'est l'âme. Pourtant tous les vivants ne sont pas doués de cette faculté. L'altération et la croissance relèvent aussi de l'âme. Car la sensation semble bien être une certaine altération, et aucun être ne sent qui n'ait l'âme en partage. De même en va-t-il pour la croissance et le dépérissement : aucun être ne peut dépérir ni croître naturellement sans se nourrir, et aucun ne se nourrit s'il n'est doué de vie. Empédocle s'est mal exprimé en apportant la précision que voici : la

croissance des plantes s'effectuerait vers le bas, par
416 a développement des racines, pour cette raison que la terre se porte naturellement en ce sens, et la croissance vers le haut s'expliquerait par le mouvement analogue du feu vers le haut. En fait Empédocle se méprend sur le haut et le bas, car le haut et le bas ne sont pas les mêmes pour tous les êtres et pour l'univers : la tête est pour les animaux ce que sont les racines pour les plantes — s'il est vrai qu'il faut opposer ou identifier les organes d'après leurs fonctions[22]. En outre, qu'est-ce qui maintiendra l'union d'éléments entraînés en directions opposées, le feu et la terre ? Ils se sépareront s'il n'est rien pour s'y opposer. Mais si un tel principe existe, c'est lui qui sera l'âme, cause de la croissance et de la nutrition.

Certains, par contre[23], estiment que la nature du feu est, absolument parlant, cause de la nutrition et de la croissance : il est en effet le seul parmi les corps ou éléments qui semble se nourrir et s'accroître. Aussi pourrait-on penser que, chez les plantes comme chez les animaux, c'est le feu qui serait le principe actif. En fait, s'il est, en un sens, une cause concomitante, il n'est certes pas cause au sens absolu : ce rôle appartient plutôt à l'âme. Car l'accroissement du feu se produit indéfiniment, tant que dure le combustible ; mais chez tous les êtres dont la constitution est l'œuvre de la nature, il y a une limite et une proportion de la grandeur comme de la croissance : ces déterminations relèvent de l'âme et non du feu, de la forme plutôt que de la matière.

La même puissance de l'âme assurant à la fois la nutrition et la génération, c'est encore de la nutrition qu'il faut traiter en premier lieu ; la faculté susdite se définit en effet par rapport aux autres grâce à cette fonction. Selon l'opinion commune, c'est le contraire qui serait la nourriture du contraire — non pas cependant que tout contraire serve d'aliment à tout contraire : il s'agit de ceux qui s'engendrent mutuellement et en outre se font croître l'un l'autre. Beaucoup de choses, en effet, tirent origine les unes des autres, mais toutes ne sont pas quantitatives — telle la santé qui succède à la maladie. Il est clair en outre que les contraires de la première catégorie ne sont pas l'aliment l'un de l'autre de manière réciproque : tandis que l'eau est l'aliment du feu[24], le feu n'est pas l'aliment de l'eau. C'est donc parmi les corps simples que les contraires semblent être par excellence l'un l'aliment, l'autre le corps alimenté.

Il y a là pourtant une difficulté. Les uns disent en effet que le semblable se nourrit du semblable et qu'il en va de même pour la croissance[25]. D'autres, disions-nous, sont d'un avis opposé : c'est le contraire qui nourrirait le contraire, car le semblable ne saurait pâtir sous l'action du semblable; or la nourriture est changée et digérée, et le changement s'opère en tous les cas vers le contraire ou le moyen terme. En outre l'aliment subit une certaine passion de la part de l'être nourri, mais celui-ci ne pâtit
pas du fait de la nourriture : de même le charpentier ne 416 b
pâtit pas du fait de la matière, mais c'est celle-ci qui pâtit sous l'action de celui-là; le charpentier ne connaît d'autre changement que le passage de l'inaction à l'activité. — De plus, l'aliment est-il l'apport que le vivant reçoit au terme ou au principe du processus ? La question est d'importance. Si dans les deux cas aliment il y a, non digéré dans le second, digéré dans le premier, on pourra entendre la nutrition dans les deux sens : en tant que l'aliment n'est pas digéré, le contraire se nourrit du contraire; en tant qu'il est digéré, le semblable se nourrit du semblable. Ainsi est-il évident qu'à cet égard les uns et les autres ont à la fois raison et tort[26]. Et puisque nul être ne se nourrit s'il n'a la vie en partage, c'est le corps animé, en tant que tel, qui sera le sujet nourri : ainsi la nourriture se rapporte-t-elle à l'être animé, et cela non par accident.

Il y a une différence entre l'essence de l'aliment et

celle du facteur de l'accroissement. En tant que l'être animé est doué de quantité, l'aliment est facteur d'accroissement; en tant qu'il est individu concret et substance, l'aliment est nourriture. En effet l'aliment conserve la substance du vivant qui subsiste aussi longtemps qu'il se nourrit[27]. L'aliment est encore principe de la génération non pas pour l'être qui se nourrit, mais pour un être semblable à lui[28]. Car l'essence du premier est déjà donnée et nul être ne s'engendre lui-même : il se conserve seulement. Ainsi ce principe psychique tel que nous l'avons décrit est-il une puissance capable de conserver l'être qui le reçoit tel qu'il est[29], tandis que l'aliment dispose ce principe à agir. Aussi, privé de nourriture, l'être ne peut-il subsister. — Puis donc qu'il y a trois termes : l'être nourri, ce dont il se nourrit, et le principe de la nutrition, ce principe c'est l'âme primitive, l'être nourri c'est le corps qui la possède, et ce dont il se nourrit c'est l'aliment. Comme, d'autre part, on dénomme à juste titre toute chose d'après sa fin, et qu'ici la fin est d'engendrer un être semblable à soi, disons que l'âme primitive est le principe générateur d'un être semblable à ce sujet. — « Ce par quoi [l'âme] nourrit » comporte deux acceptions, tout comme « ce par quoi on gouverne », qui signifie à la fois la main et le gouvernail : celle-là est motrice et mue, celui-ci est moteur seulement. Or il faut que tout aliment puisse être digéré, et ce qui opère la digestion, c'est la chaleur vitale : aussi tout être animé possède-t-il la chaleur vitale.

Voilà donc esquissée la nature de l'aliment; des éclaircissements devront être apportés plus tard à ce sujet dans des traités spéciaux[30].

5

Ces points étant acquis, nous traitons ici, en général, de toute sensation. La sensation consiste à être mû et à pâtir, nous l'avons déjà dit; on la regarde, en effet, comme une sorte d'altération[31]. Certains penseurs prétendent aussi que le semblable pâtit sous l'action du semblable. En quel sens cela est possible ou impossible, **417 a**
nous l'avons précisé dans notre traité sur l'agir et le pâtir en général[32]. Voici toutefois une difficulté : pourquoi les organes sensoriels à leur tour ne sont-ils pas perçus par sensation ? Pourquoi, en l'absence des objets extérieurs, ne procurent-ils pas de sensation, alors que le feu, la terre et les autres éléments sont contenus dans le sens, et que ces éléments sont connus par la sensation en eux-mêmes ou dans leurs accidents ? C'est, évidemment, que la faculté sensitive n'est pas en acte mais seulement en puissance. Aussi n'éprouve-t-elle pas de sensation, de même que le combustible ne brûle pas de lui-même sans le principe de la combustion : autrement il se consumerait lui-même et n'aurait nul besoin du feu en entéléchie.

Or le « sentir » se prend en deux sens (d'un sujet qui n'entend ou ne voit qu'en puissance nous disons qu'il entend et voit — même s'il se trouve dormir — comme de celui qui sent actuellement); aussi la sensation elle-même doit-elle s'entendre de deux manières : tantôt en puissance, tantôt en acte. De même en va-t-il du sentir : l'un est en puissance, l'autre en acte. Nous commençons donc notre exposé comme si pâtir, être mû, agir, étaient une seule et même chose : en effet, le mouvement est un certain acte, inachevé pourtant, nous l'avons dit ailleurs[33]. Or toutes choses pâtissent et sont mues par l'agent, un agent en acte. C'est pourquoi, en un sens, c'est sous l'action du semblable que le semblable pâtit; à un autre égard, c'est sous l'action du dissemblable — nous l'avons dit[34] : ce qui pâtit c'est le dissemblable; mais quand il a pâti, il est semblable[35].

De nouvelles distinctions s'imposent au sujet de la puissance et de l'entéléchie, car dans cet exposé nous venons d'en parler sans préciser. En un premier sens, un être est savant à la manière dont nous dirions l'homme savant, parce que l'homme compte parmi les êtres capables de savoir et de posséder la science. En un second sens, nous appelons savant celui qui possède actuellement la science de la grammaire. Or chacun d'eux n'est pas en puissance de la même manière : le premier en ce sens que tels sont chez lui le genre et la matière[36], le second en ce sens qu'il est capable d'exercer sa science à volonté si aucun obstacle extérieur ne l'en empêche. Enfin vient celui qui connaît actuellement : il est en entéléchie, et sait, au sens propre, que ceci est l'A. Les deux premiers sont donc savants en puissance : mais l'un [actualise sa puissance] grâce à l'altération reçue de l'étude et en passant fréquemment d'un état contraire à son opposé[37], l'autre actualise sa puissance différemment, en passant de la simple posses-
417 b sion du sens ou de la grammaire sans l'exercice, à cet exercice même.

Le terme « pâtir » n'est pas non plus un terme simple : en un sens, c'est une certaine destruction sous l'action du contraire; en un autre sens, c'est plutôt la conservation de l'être en puissance par l'être en entéléchie et semblable à lui de la même manière que la puissance par rapport à l'entéléchie; en effet, c'est par l'exercice de la science que passe à l'acte celui qui possède la science[38], et ce même passage ou bien n'est pas une altération (car c'est un progrès de l'être en lui-même et vers son entéléchie), ou bien constitue un autre genre d'altération. Aussi n'est-il pas exact de dire que le sujet pensant, lorsqu'il pense, subit une altération, pas plus que l'architecte lorsqu'il construit. Par conséquent, l'agent qui fait passer à l'entéléchie ce qui est en puissance, dans le cas de l'être intelligent et pensant, doit recevoir non pas le nom « d'enseignement » mais une autre dénomination[39]; quant à l'être qui, partant de la pure puissance, apprend et reçoit la science de la part de l'être en entéléchie et capable d'enseigner, il faut dire ou bien qu'il ne pâtit pas, lui non plus — on l'a noté —, ou bien qu'il existe deux sortes d'altération : l'une est un changement vers les dispositions privatives, l'autre va dans le sens des dispositions positives et de la nature du sujet.

Dans le cas de l'être sensitif, le premier changement est l'œuvre du générateur, et quand le vivant est engendré, il possède désormais le sentir à la manière d'une science. Quant au sentir en acte, il correspond, pour le langage, à l'exercice de la science, mais avec cette différence que, dans le premier cas, les agents de l'acte sont extérieurs : le visible, le sonore, et ainsi des autres sensibles. La raison en est que ce sont les choses individuelles que la sensation en acte a pour objets, tandis que la science a pour objet les universels : or ceux-ci sont, en quelque sorte, dans l'âme elle-même. Il s'ensuit que l'acte de penser dépend du sujet qui peut l'exercer à son gré, tandis que l'acte de sentir ne dépend pas de lui : il est nécessaire, en effet, que le sensible lui soit donné. Ainsi en est-il dans les disciplines qui ont les choses sensibles pour objets, et pour la même raison : savoir que les sensibles comptent au nombre des choses individuelles et des choses extérieures.

Mais une autre occasion se présentera de donner des éclaircissements à ce sujet[40]. Pour le moment bornons-nous aux précisions que voici : l'expression « être en puissance » n'est pas simple; tantôt nous dirons que l'enfant est en puissance chef d'armée, tantôt nous dirons la même chose de l'adulte. C'est ce dernier sens

qui s'applique à la faculté sensitive. Mais puisque ces
418 a différentes acceptions n'ont pas reçu de noms distincts, et qu'on a déterminé qu'elles se distinguent et en quel sens, force nous est d'employer « pâtir » et « être altéré » comme s'il s'agissait de termes propres. Quant à la faculté sensitive, elle est, en puissance, telle que le sensible est déjà en entéléchie, nous l'avons dit[41]. Elle pâtit donc en tant qu'elle n'est pas semblable, mais quand elle a pâti, elle est devenue semblable et est telle que cet objet.

6

En ce qui concerne chaque sens, il faut traiter d'abord des sensibles[42]. « Le sensible » comporte trois espèces : deux d'entre elles, dirons-nous, sont sensibles par soi, l'autre est sensible par accident. Des deux premières espèces de sensible, l'une est propre à chaque sens, l'autre est commune à tous. J'appelle « sensible propre » celui qui ne peut être perçu par un autre sens et qui ne laisse aucune possibilité d'erreur : tels pour la vue la couleur, pour l'ouïe le son, pour le goût la saveur. Le toucher, lui, a pour objets plusieurs qualités différentes. Du moins chaque sens juge-t-il de sensibles propres et s'il se trompe, ce n'est pas sur la couleur ou le son, mais sur la nature ou l'emplacement de l'objet coloré, sur la nature ou l'emplacement de l'objet sonore[43]. Les sensibles de ce genre sont appelés « propres » à chaque sens; les « sensibles communs » sont le mouvement, le repos, le nombre, la figure, la grandeur, car les sensibles de cette deuxième sorte ne sont propres à aucun sens mais communs à tous. Le toucher, en effet, peut percevoir un certain mouvement, la vue de même. On parlera de sensible « par accident » si, par exemple, ce « blanc » est le fils de Diarès : c'est en effet par accident que celui-ci est perçu, car il est accidentel au « blanc » d'être uni à tel objet senti[44].

C'est aussi pourquoi le sujet sentant ne subit aucune passion de la part du sensible par accident pris comme tel. De plus, parmi les sensibles par soi, ce sont les sensibles propres qui sont les sensibles proprement dits, et c'est par rapport à eux que l'essence de chaque sens se détermine par loi de nature.

7

L'objet de la vue, c'est le visible. Le visible, c'est à la fois la couleur et un objet dont le discours peut traiter mais qui reste innomé[45] : ce que nous voulons dire deviendra clair surtout par la suite . Le visible est en effet la couleur, et celle-ci est le revêtement superficiel des objets visibles par soi — j'entends « par soi » non pas au sens logique, mais en ce sens que l'objet possède en soi la cause de sa visibilité. Toute couleur met en mouvement le diaphane en acte et c'est cela qui consti- **418 b**
tue sa nature. C'est pourquoi la couleur n'est pas visible sans lumière et c'est seulement dans la lumière que l'on voit la couleur de chaque objet. Aussi est-ce de la lumière d'abord qu'il faut dire ce qu'elle est.

Il y a donc du diaphane. Par diaphane j'entends ce qui est visible sans être visible par soi absolument, mais grâce à une couleur d'emprunt. Tels sont l'air, l'eau et un grand nombre de corps solides. Ce n'est pas en effet comme « eau » ni comme « air » qu'ils sont diaphanes, mais parce qu'une certaine nature identique se trouve contenue en l'un et l'autre élément et aussi dans le corps éternel situé à la région supérieure de l'univers[46]. La lumière en est l'acte, je veux dire du diaphane en tant que diaphane. Mais là où le diaphane n'est qu'en puissance se trouve aussi l'obscurité. La lumière est en quelque sorte la couleur du diaphane, quand le diaphane est en entéléchie grâce à l'action du feu ou d'un élément semblable au corps de la région supérieure : cet élément [et le feu] possèdent en effet une même et identique propriété. — Ainsi, ce qu'est le diaphane, ce qu'est la lumière, on l'a dit : celle-ci n'est ni du feu ni en général un corps ou un effluve d'un corps quelconque (car elle serait un corps même en ce dernier cas) — mais la présence dans le diaphane du feu ou d'un élément semblable; aussi bien est-il impossible que deux corps occupent en même temps le même lieu.

On croit aussi que la lumière est le contraire de l'obscurité; mais l'obscurité est la privation d'une telle détermination dans le diaphane[47] : ainsi est-il évident que la présence de cette détermination constitue la lumière. Erronée est donc l'opinion d'Empédocle et de quiconque l'a jamais professée : selon lui, la lumière se propagerait et s'étendrait, à un moment donné, entre la terre et la périphérie de l'univers, mais à notre insu. Cela contredit à la fois l'évidence de la raison et celle de l'expérience : sur une petite distance le fait pourrait nous échapper, mais qu'entre le levant et le couchant il passe inaperçu, c'est une supposition par trop forte[48] !

Ce qui reçoit la couleur, c'est l'incolore, ce qui reçoit le son, c'est l'insonore. L'incolore, c'est le diaphane, l'invisible ou ce qu'on voit à peine, comme paraît être l'obscur. Ce dernier caractère appartient au diaphane, non pas lorsqu'il est diaphane en entéléchie, mais quand il l'est en puissance : c'est en effet la même nature qui
419 a est tantôt obscurité, tantôt lumière.

Mais tous les objets visibles ne le sont pas dans la lumière : cela n'est vrai que de la couleur propre à chacun. Certains objets, en effet, ne sont pas visibles dans la lumière, tandis que dans l'obscurité ils provoquent une sensation : c'est le cas des corps qui semblent ignés et brillants (il n'est pas de terme commun pour les désigner) : tels l'agaric[49], la corne, la tête des poissons, les écailles, les yeux; mais aucun de ces corps ne laisse voir sa couleur propre. Pour quelle raison voit-on ces objets dans l'obscurité, c'est une autre question[50].

Du moins est-il évident pour le moment que ce que l'on voit dans la lumière, c'est la couleur. Aussi ne voit-on pas celle-ci sans lumière, car l'essence formelle de la couleur, c'est de mettre en mouvement le diaphane en acte : or l'entéléchie du diaphane est la lumière[51]. En voici une preuve évidente : si l'on place l'objet coloré sur l'organe même de la vue, on ne le voit pas. Mais en réalité la couleur met en mouvement le diaphane, l'air par exemple, et celui-ci à son tour meut l'organe sensoriel avec lequel il est en contact. C'est à tort en effet que Démocrite exprime l'opinion que voici : si le vide se produisait dans l'espace intermédiaire, on y verrait avec précision même une fourmi située dans le ciel. En fait, c'est là chose impossible. Car c'est moyennant une passion subie par l'organe que se produit la sensation. Or cette passion ne peut être imprimée par la seule couleur objet de la vision; il reste donc qu'elle soit imprimée par le milieu : l'existence d'un milieu est donc nécessaire. Mais le vide venant à s'y produire, bien loin de voir avec précision, on ne verrait absolument rien.

Pour quelle raison la couleur ne peut être vue que dans la lumière, nous l'avons dit. Le feu, lui, est visible dans l'un et l'autre cas, aussi bien dans l'obscurité que dans la lumière, et il ne peut en être autrement, puisque c'est grâce à l'action du feu que le diaphane [en puissance] devient diaphane [en acte]. Le même raisonnement vaut aussi du son et de l'odeur : ni l'un ni l'autre, en effet, ne provoque la sensation par contact avec l'organe sensoriel, mais sous l'action de l'odeur et du son, c'est le milieu qui est ébranlé et celui-ci à son tour ébranle les organes correspondants. Si par contre on place sur

l'organe même l'objet sonore ou odorant, aucune sensation ne se produit. Pour le toucher et le goût, il en va de même, malgré les apparences contraires ; la raison en deviendra claire par la suite[52]. Le milieu sonore est l'air, tandis que le milieu olfactif ne porte pas de nom particulier ; ce dernier est en effet une sorte de propriété commune à l'air et à l'eau, et ce que le diaphane est à la couleur, cette propriété de l'un et l'autre élément l'est à l'objet odoriférant : l'expérience montre en effet que
419 b même les animaux aquatiques possèdent le sens de l'odorat. Mais l'homme et les animaux terrestres doués de respiration ne peuvent percevoir les odeurs sans respirer ; la raison, encore une fois, en sera donnée plus loin[53].

8

À présent traitons d'abord du son et de l'ouïe. Le son se dit en deux sens : il y a le son en acte et le son en puissance. Certaines choses, disons-nous, sont insonores : telles l'éponge, la laine ; d'autres sont sonores, comme l'airain et tous les objets durs et lisses, car ils sont capables de produire un son — c'est-à-dire d'émettre, dans le milieu intermédiaire entre l'objet sonore et l'ouïe, un son en acte.

Or le son en acte venant à se produire est toujours l'action de quelque chose, par rapport à quelque chose et dans quelque chose : c'est en effet un choc qui produit le son. Voilà pourquoi il est impossible qu'un objet unique produise le son : autre est l'objet qui frappe, autre celui qui est frappé ; par suite l'objet qui produit le son ne le produit qu'en rapport avec quelque autre chose ; en outre, le choc n'a pas lieu sans mouvement de translation[54].

Mais comme nous l'avons dit[55], ce n'est pas le choc de

n'importe quels corps qui constitue le son. Aucun son ne se produit si l'on frappe de la laine, à la différence de l'airain ou des corps lisses et creux : l'airain produit un son car il est lisse[56], tandis que les corps creux, en raison de la répercussion, produisent de nombreux chocs à la suite du premier, l'air ébranlé ne pouvant s'échapper.

De plus, on perçoit le son dans l'air et aussi dans l'eau, quoique moins parfaitement. Mais la cause déterminante du son n'est ni l'air ni l'eau : ce qu'il faut, c'est un choc de corps durs l'un contre l'autre et contre l'air. Cette dernière condition se réalise lorsque l'air résiste au choc et ne se dissipe pas. C'est pourquoi, lorsque le choc est rapide et violent, l'air résonne : il faut en effet que le mouvement de percussion soit plus prompt que la dissipation de l'air, comme si l'on voulait frapper un tas ou une série de grains de sable animés d'un mouvement rapide.

Quant à l'écho, il se produit lorsque l'air, maintenu en une seule masse par la cavité qui le limite et l'empêche de se dissiper, renvoie l'air extérieur comme une balle[57]. Il semble que toujours un écho se produise, mais il n'est pas toujours clair; car la même chose se produit dans le cas du son et dans celui de la lumière : en effet, la lumière se réfléchit toujours (sans quoi la lumière ne se diffuserait pas partout : l'obscurité régnerait en dehors de l'espace exposé au soleil); mais la lumière ne se réfléchit pas toujours aussi bien que sur l'eau, l'airain ou tout autre corps lisse, de manière à produire de l'ombre : ce qui caractérise communément la lumière.

Quant au vide, on a raison de l'appeler la cause déterminante de l'audition. Selon l'opinion courante, en effet, le vide c'est l'air, et c'est bien ce dernier qui produit l'audition lorsqu'il est ébranlé comme une masse compacte et une[58]. Mais en raison de son inconsistance il ne résonne pas, à moins que l'objet 420 a
frappé ne soit lisse. Dans ce dernier cas, il forme une

seule masse — grâce aussi à la surface de l'objet, car la surface d'un objet lisse est une.

Est donc sonore le corps capable d'ébranler l'air comme une seule masse continue jusqu'à l'organe de l'ouïe. Or l'organe de l'ouïe est naturellement contigu à une masse d'air[59], et parce que cet organe est situé dans l'air, lorsque l'air externe est ébranlé, l'air interne s'ébranle à son tour. C'est pour cette raison que l'être vivant n'entend pas par toutes les parties de son corps, et qu'inversement l'air ne le pénètre pas de partout. Car ce n'est pas en tous ses points que contient de l'air la partie du corps qui doit se mouvoir et est animée. Ainsi donc l'air est de soi un élément insonore parce qu'il se dissipe facilement; mais quand il est empêché de se dissiper, son mouvement produit un son. Quant à l'air qui est enfermé dans les oreilles, c'est afin d'y être immobile et de percevoir ainsi avec exactitude toutes les variations du mouvement. Voilà pourquoi nous entendons même dans l'eau : celle-ci ne pénètre pas jusqu'à l'air contigu par nature à l'organe de l'ouïe — non plus d'ailleurs que dans l'oreille à cause du labyrinthe; quand cela vient à se produire, on n'entend plus, et de même en cas de lésion de la membrane auditive, comme de l'enveloppe de la pupille [lorsqu'elle est lésée]. Mais le symptôme qui permet de savoir si l'on entend ou non, c'est le bourdonnement continu de l'oreille saine, comparable à celui d'une corne : toujours, en effet, un mouvement spécifique ébranle l'air contenu dans les oreilles, tandis que le son reste étranger et n'est pas propre à l'oreille même. C'est pourquoi l'on dit communément que l'on entend grâce au vide et à ce qui résonne, car en fait nous entendons grâce à l'organe qui contient une masse d'air bien déterminée[60].

Est-ce le corps frappé ou le corps frappant qui émet le son? N'est-ce pas plutôt l'un et l'autre, quoique différemment? Le son est, en effet, un mouvement de ce qui peut se mouvoir à la manière exacte des objets qui rebondissent sur des surfaces polies, quand on les lance contre elles. Ce n'est pas certes, nous l'avons dit[61], que n'importe quel objet frappé ou frappant émette un son, par exemple une aiguille heurtant une autre aiguille : ce qu'il faut, c'est que l'objet frappé soit plan, de telle sorte que l'air rebondisse et vibre comme une seule masse.

Les différences entre les sons se manifestent dans le son en acte. De même que sans lumière on ne voit pas les couleurs, de même sans le son ne perçoit-on l'aigu ni le grave. Ces termes sont employés par métaphore en partant des qualités tangibles : en effet, l'aigu meut le sens en peu de temps et d'une manière prolongée, tandis que le grave le meut lentement et pour une brève durée[62]. Ce n'est pas à dire que l'aigu soit rapide et le grave lent, mais dans un cas c'est grâce à la rapidité que le mouvement produit est tel, dans l'autre cas c'est grâce à la lenteur. Il semble qu'il y ait là une analogie avec les **420 b**
qualités tactiles de l'aigu et de l'obtus : car l'aigu provoque une sorte de piqûre, l'obtus une espèce de poussée, parce que l'un meut en peu de temps, l'autre lentement; c'est donc par voie de conséquence seulement que l'un est rapide, l'autre lent[63].

Pour le son, bornons-nous à ces déterminations. La voix, elle, est un son émis par l'être animé; aucun des êtres inanimés, en effet, n'est doué de voix, et c'est seulement par ressemblance qu'on leur attribue une voix : tels la flûte, la lyre, et tous les autres objets inanimés qui comportent registre, mélodie et langage. Il semble en effet que la voix elle-même comporte ces éléments. Mais beaucoup d'animaux ne possèdent pas la voix, par exemple ceux qui n'ont pas de sang, et parmi ceux qui en ont, les poissons. Cela d'ailleurs est rationnel, s'il est vrai que le son consiste en un mouvement de l'air. Quant aux poissons auxquels on attribue la voix, comme ceux de l'Acheloüs, ils produisent des sons par les branchies ou quelque autre organe du même genre[64].

La voix est donc le son émis par un animal, mais non par n'importe quelle partie de son corps. En effet, puisque tout son est produit par le choc de quelque chose contre quelque chose et dans quelque chose[65], ce dernier élément étant l'air, il va de soi que seuls posséderont la voix les êtres qui reçoivent l'air en eux-mêmes. C'est qu'en effet la nature utilise l'air inspiré à deux fins, comme elle emploie la langue pour le goût et le langage : le goût est une fonction nécessaire (dévolue, pour cette raison, à un plus grand nombre d'animaux), tandis que la faculté d'expression vise à la perfection de l'individu; c'est ainsi que la nature emploie le souffle pour entretenir la chaleur interne nécessaire à la vie (la cause en sera donnée ailleurs)[66] et pour produire la voix qui procure la perfection du vivant. L'organe de la respiration est le larynx[67] et la raison d'être de cette partie du corps est de servir à son tour le poumon : c'est grâce à cet organe, en effet, que les animaux terrestres possèdent plus de chaleur que les autres. La respiration est encore nécessaire en premier lieu à la région précordiale : aussi faut-il que l'air inspiré pénètre à l'intérieur de l'animal. Par suite, le choc de l'air inspiré, produit par l'âme qui anime ces régions du corps, contre ce qu'on appelle la trachée-artère, constitue la voix.

C'est que tout son émis par un animal n'est pas la voix — nous l'avons dit[68] (on peut faire du bruit avec la langue ou en toussant); mais il faut que l'être qui produit le choc soit animé et mette en œuvre quelque représentation. Car la voix est assurément un son chargé de signification et non pas un bruit produit
421 a simplement par l'air inspiré, comme la toux : dans la voix, on frappe avec l'air inspiré l'air de la trachée-artère contre la paroi de celle-ci. La preuve en est que l'on ne peut exercer sa voix en inspirant ni en expirant,

mais seulement en retenant son souffle, car les mouvements se produisent grâce à l'air ainsi retenu. On voit aussi pourquoi les poissons sont aphones : ils n'ont pas de larynx. Et s'ils sont dépourvus de cet organe, c'est qu'ils ne reçoivent pas en eux-mêmes l'air extérieur ni ne respirent. Quant à savoir pour quelle raison, c'est une autre question.

9

Quant à l'odeur et au corps odorant, il est moins aisé d'en traiter que des sujets précédents[69]. En effet, la nature de l'odeur n'apparaît pas aussi clairement que celle du son, de la lumière ou de la couleur. La raison en est que chez nous ce sens n'est pas aigu, mais inférieur même à ce qu'il est chez beaucoup d'animaux : l'homme sent mal les odeurs et ne perçoit aucun objet odorant sans les sensations de douleur ou de plaisir — ce qui prouve que son organe sensoriel manque d'acuité. C'est ainsi, probablement, que les animaux aux yeux durs perçoivent les couleurs et ne distinguent leurs différences que par la frayeur qu'elles provoquent ou non[70]. C'est de cette manière que les odeurs sont perçues par l'espèce humaine. Il semble qu'il y ait ici une analogie [entre l'odorat et] le goût, et entre les espèces de saveurs et celles des odeurs : toutefois, notre sens du goût est plus aigu parce qu'il est une sorte de toucher et que ce dernier sens atteint chez l'homme un très haut degré d'acuité. Quant aux autres sens, en effet, l'homme est inférieur à beaucoup d'animaux, mais pour le toucher il les surpasse tous de loin en acuité. Aussi est-il le plus intelligent des animaux. La preuve en est qu'à s'en tenir à l'espèce humaine, c'est l'organe de ce sens, et aucun autre, qui partage les individus en bien et mal doués : ceux qui ont la chair dure sont mal doués intellectuellement, mais ceux qui ont la chair tendre sont bien doués.

De même que la saveur est tantôt douce, tantôt amère, ainsi en est-il des odeurs. Toutefois certains corps ont une odeur et une saveur analogues : j'entends que s'ils ont une odeur douce ils ont aussi une saveur douce; pour d'autres corps, c'est le contraire. De même encore une odeur peut être aigre, âcre, acide ou onctueuse. Mais, nous l'avons dit, les odeurs n'étant pas, comme les saveurs, très faciles à distinguer, c'est de celles-ci
421 b qu'elles ont tiré leurs noms d'après la ressemblance des objets. C'est ainsi que l'odeur « douce » est celle du safran et du miel, l'odeur « aigre » celle du thym et d'autres corps du même genre. Il en est de même des autres odeurs. — De plus, il en va ici comme de l'ouïe et de chacun des sens : l'ouïe a pour objet le sonore et l'insonore, la vue le visible et l'invisible; à son tour l'odorat a pour objet l'odorant et l'inodore[71]. L'inodore est tel soit par l'impossibilité absolue d'avoir aucune odeur, soit pour n'avoir qu'une odeur faible ou négligeable. Même signification pour le terme « insipide ».

L'odorat, lui aussi, s'exerce à travers un milieu, tel que l'air ou l'eau. En effet, selon l'opinion reçue, les animaux aquatiques perçoivent l'odeur, qu'ils aient du sang ou non, tout comme ceux qui vivent dans l'air. De fait, certains d'entre eux se dirigent de loin vers leur nourriture quand l'odeur les attire. Dès lors, une difficulté manifeste se présente : à supposer que tous les animaux perçoivent les odeurs de la même manière, en fait l'homme ne les sent qu'en aspirant l'air; si, au lieu d'aspirer, il expire ou retient son souffle, il ne sent rien, ni de loin ni de près, quand bien même l'objet serait introduit dans la narine jusqu'à la toucher (que l'objet placé au contact de l'organe sensoriel soit insensible, c'est le cas de tous les sens; mais de ne pouvoir sentir sans aspirer, c'est le propre de l'homme, l'expérience le prouve). Il s'ensuivrait que les animaux dépourvus de sang, puisqu'ils ne respirent pas, devraient avoir un sens différent de ceux que l'on a dits[72]. Mais c'est impossible puisque c'est l'odeur qu'ils sentent : le sens correspondant à l'objet qui émet des odeurs — soit mauvaises, soit bonnes —, c'est l'odorat[73]. De surcroît, on constate que ces animaux périssent sous l'action des mêmes odeurs violentes qui sont mortelles pour l'homme : celles du bitume, du soufre et autres du même genre. C'est donc bien, de toute nécessité, qu'ils sentent les odeurs, mais sans respirer.

Il semble que chez l'homme cet organe de l'odorat diffère de celui des autres animaux comme ses yeux diffèrent de ceux des animaux aux yeux durs. Car les yeux de l'homme ont pour tégument et, en quelque sorte, pour enveloppe, les paupières; si on ne les remue ni ne les écarte, on ne voit pas. Au contraire les animaux aux yeux durs n'ont rien de semblable et voient d'emblée ce qui se passe dans le diaphane. C'est donc ainsi, semble-t-il, que chez certains animaux l'organe de l'odorat, comme l'œil, est à découvert; mais chez ceux **422 a**
qui reçoivent l'air en eux-mêmes, cet organe comporte une membrane qui s'écarte dans la respiration, grâce à la dilatation des veines et des pores. Voilà pourquoi les animaux doués de respiration ne sentent pas les odeurs en milieu humide[74] : ils ne peuvent sentir qu'en respirant, ce qui, en milieu humide, est impossible. L'odeur appartient au sec comme la saveur à l'humide, et l'organe de l'odorat est tel en puissance[75].

10

Le sapide est une sorte de tangible. C'est pour cette raison qu'il n'est pas senti à travers un milieu corporel étranger : de même dans le cas du toucher[76]. De plus le corps qui contient la saveur, le sapide, est dans l'humide comme dans sa matière ; or l'humide est une sorte de tangible. Par suite, même si nous étions dans l'eau, nous sentirions le doux qui viendrait à s'y introduire : notre sensation ne se produirait pas à travers le milieu, mais en raison du mélange de la saveur à l'humide, comme dans le cas de la boisson. La couleur, par contre, ce n'est pas ainsi — savoir par le mélange — qu'elle est vue, ni non plus par des effluves. Ainsi donc, rien dans les saveurs qui joue le rôle de milieu; mais de même que le visible c'est la couleur, le sapide, c'est la saveur. Cependant rien ne produit une sensation de saveur sans humidité, mais un corps possède cette humidité soit en acte, soit en puissance; par exemple un corps salé : aisément soluble lui-même, il exerce une action fondante sur la langue[77];

La vue est le sens du visible et de l'invisible (l'obscurité est invisible, mais c'est encore la vue qui en juge), et en outre de ce qui est éblouissant (cela encore est invisible, mais autrement que l'obscurité) : c'est ainsi que l'ouïe est le sens du son et du silence (l'un est audible, l'autre non), et du son intense comme la vue est sens de l'éblouissant (de même que le son faible est inaudible, d'une certaine manière le son intense et violent l'est aussi[78]); et on appelle invisible, soit ce qui l'est absolument — comme on parle d'« impossible » en d'autres cas —, soit ce qui est visible par sa nature mais en fait ne l'est pas ou l'est à peine[79] : on parle en ce dernier sens d'un animal « sens pieds » ou d'un fruit « sans noyau[80] ». Voilà de quelle manière le goût, à son tour, est le sens du sapide et de l'insipide, ce dernier étant ce qui a une saveur faible, négligeable ou destructive du goût.

Il semble bien que le premier objet du goût soit le potable et le non-potable, car l'un et l'autre sont du sapide; mais le second l'est faiblement et détruit le goût tandis que le premier est conforme à sa nature. Le potable est d'ailleurs commun au toucher et au goût.

Mais puisque le sapide est de l'humide, il est nécessaire que l'organe sensible correspondant ne soit ni humide en entéléchie ni incapable de le devenir. En effet, une certaine passion est imprimée au goût par le sapide comme tel. Il faut donc que soit humidifié ce qui peut l'être en gardant son intégrité, et qu'il ne soit pas déjà humide en acte, je veux dire l'organe du gustatif. La preuve en est que la langue ne peut sentir une saveur ni quand elle-même est complètement sèche ni quand elle est trop humide ; dans ce dernier cas, en effet, le contact se produit avec l'humide primaire[81] : ainsi en est-il lorsque, après avoir goûté une saveur forte, on en goûte une autre. De même toutes les saveurs paraissent amères aux malades, parce que c'est avec la langue chargée d'une humidité de cette sorte qu'ils perçoivent. 422 b

Des espèces de saveur, il en va comme des couleurs : on distingue les saveurs simples qui sont les contraires, le doux et l'amer ; puis les saveurs dérivées, du premier, l'onctueux, du second, le salé. Les saveurs intermédiaires sont l'aigre, l'âcre, l'astringent, l'acide ; telles semblent être à peu près les différences des saveurs. Ainsi la faculté gustative est ce qui est *tel* en puissance, et le sapide est l'agent qui la fait passer à l'entéléchie[82].

11

Au sujet du tangible comme du toucher, il en faut dire autant : si le toucher n'est pas un sens unique, mais plusieurs sens, il s'ensuit en rigueur que les tangibles à leur tour forment une pluralité d'objets sensibles. La difficulté est donc de savoir s'il y a plusieurs sens du toucher ou un seul, et quel est l'organe propre de la faculté tactile : est-ce la chair — et dans les autres animaux le tissu correspondant — ou non ? En ce dernier cas, ce tissu serait-il le milieu intermédiaire, tandis que l'organe spécifique du toucher serait quelque autre organe interne ?

Chaque sens en effet semble correspondre à un seul couple de contraires : la vue au blanc et au noir, l'ouïe à l'aigu et au grave, le goût à l'amer et au doux. Le tangible par contre présente plusieurs couples de contraires : chaud et froid, sec et humide, dur et mou, et ainsi de suite. Voici pourtant un premier élément de solution à cette difficulté : même dans le cas des autres sens, on trouve plusieurs couples de contraires — pour la voix, par exemple, outre l'aigu et le grave, on trouve encore l'intensité, la faiblesse, la douceur et la rudesse et d'autres analogues. Dans le cas de la couleur également il y a d'autres différences du même genre. Mais quel est le sensible unique sous-jacent à ces différences, qui soit pour le toucher ce que le son est à l'ouïe, voilà ce qui n'apparaît pas clairement.

Quant à savoir si l'organe du toucher est interne ou
423 a non, et si, en ce cas, il n'est autre que la chair, rien ne semble prouvé du fait que la sensation coïncide avec le contact des objets. Car en vérité, si l'on enveloppe la chair d'une membrane artificielle, la sensation se manifestera encore à l'instant même du contact ; pourtant il est clair que cette membrane ne contient pas l'organe sensoriel ; et si cette membrane était un tissu congénital, la sensation se transmettrait plus rapidement encore. Aussi cette partie du corps[83] semble-t-elle se comporter comme une sorte de manchon d'air dont nous serions enveloppés naturellement : nous croirions alors recevoir d'un seul organe les sensations de son, de couleur, d'odeur, et que la vue, l'ouïe, l'odorat constitueraient un seul sens. Mais, en fait, puisque les milieux où se propagent les divers mouvements[84] sont séparés du corps, les organes sensoriels en question sont évidemment distincts. Dans le cas du toucher, ce point demeure obscur ; l'air comme l'eau ne sauraient constituer le

corps animé qui doit être quelque chose de solide. Reste que ce soit un mélange de terre et de ces éléments comme tendent à l'être la chair et son analogue; aussi faut-il en rigueur que le corps soit le milieu naturel adhérent du toucher[85] à travers lequel se produisent les multiples sensations[86]. La preuve de cette multiplicité est fournie par le toucher lingual. En effet, toutes les qualités tactiles sont perçues par lui grâce au même organe que la saveur. Si donc le reste de la chair percevait la saveur, il semblerait que goût et toucher ne seraient qu'un seul et même sens. Mais en fait ils sont distincts, car leurs organes ne sont pas interchangeables.

Une autre difficulté se présente. Tout corps en effet présente une certaine profondeur — la troisième dimension; et lorsque entre deux corps s'intercale un troisième, les deux premiers ne peuvent se toucher. En outre, l'humide n'est jamais donné sans un corps, non plus que le mouillé[87] : il faut qu'ils soient de l'eau ou contiennent de l'eau. D'autre part, quand des corps sont au contact dans l'eau et que leurs extrémités ne sont pas sèches, il y a nécessairement de l'eau dans l'intervalle et leurs extrémités en sont recouvertes. Si tout cela est vrai, il n'est pas possible que deux corps soient en contact dans l'eau, non plus que dans l'air (car l'air se comporte de la même manière à l'égard des objets qui s'y trouvent que l'eau à l'égard de ceux qu'elle contient; mais ce fait nous échappe plus facilement, tout comme les animaux aquatiques ne s'aperçoivent pas qu'un 423 b
corps mouillé touche un autre corps mouillé). La question est donc celle-ci : les choses sont-elles toutes perçues de la même manière ou les unes d'une façon, les autres d'une autre — c'est-à-dire, selon l'opinion aujourd'hui commune, que le goût et le toucher s'exerceraient par contact et les autres sens à distance?

En fait, il n'en va pas ainsi : même le dur et le mou, c'est à travers d'autres corps que nous les percevons, comme le sonore, le visible et l'odorant ; seulement nous percevons ceux-ci de loin et les autres de près : c'est pourquoi l'intermédiaire nous échappe alors. De toute façon, nous percevons toutes choses à travers un milieu, mais dans ce dernier cas, nous ne nous en apercevons pas. Pourtant, nous l'avons dit plus haut, si nous percevions tous les tangibles à travers une membrane sans savoir qu'elle nous en sépare, notre comportement serait le même qu'à présent dans l'eau ou dans l'air : nous croyons, en effet, toucher les tangibles eux-mêmes et qu'il n'existe aucun milieu intermédiaire[88].

Mais il y a une différence entre le tangible d'une part, les objets visibles et sonores de l'autre : ces derniers sont perçus par l'action que l'intermédiaire exerce sur nous, tandis que les tangibles sont perçus non *par l'action* de l'intermédiaire mais *en même temps* que l'intermédiaire. Comme dans le cas de l'homme frappé à travers son bouclier : ce n'est pas que le bouclier ait d'abord reçu le coup puis frappé à son tour ; en fait les deux coups furent portés simultanément. En somme semble-t-il pour la chair et la langue, ce que sont l'air et l'eau à la vue, à l'ouïe, à l'odorat, elles le sont comme chacun d'eux à l'organe sensoriel correspondant. Et si l'organe lui-même entre en contact avec l'objet, ni dans un cas ni dans l'autre, la sensation ne se produira — par exemple si l'on place un corps blanc sur la surface même de l'œil. Cela montre encore à l'évidence que l'organe du tact est interne. C'est à cette condition, en effet, qu'il en sera de ce sens comme de tous les autres : en ce dernier cas, les objets placés sur l'organe sensoriel ne sont pas perçus, tandis que placés sur la chair, ils sont perçus. Aussi la chair n'est-elle que l'intermédiaire du toucher.

Les qualités tangibles sont donc les différentes qualités du corps en tant que corps. J'appelle qualités différentes celles qui définissent les éléments : chaud et froid, sec et humide[89], dont nous avons parlé précédem-

ment dans le traité *Des éléments*[90]. L'organe sensoriel qui les perçoit est celui du toucher, c'est-à-dire : la partie du corps où le sens appelé toucher a son siège primitif[91] est celle qui est en puissance telles qualités : sentir, c'est en effet subir une certaine passion. Aussi **424 a**
l'agent rend-il cette partie semblable à lui en acte — alors qu'elle ne l'était qu'en puissance. Pour cette raison, quand un corps est chaud, froid, dur, ou mou, au même degré que l'organe, nous ne le sentons pas, mais nous sentons seulement les excès de ces qualités — ce qui montre que le sens est une sorte de « moyenne » entre les sensibles contraires. C'est bien pourquoi il juge des qualités sensibles : la « moyenne » est capable de juger, car elle devient alternativement l'opposé de chaque extrême. Et de même que ce qui doit percevoir le blanc ou le noir ne peut être ni l'un ni l'autre en acte, mais tous deux en puissance (et ainsi de suite pour les autres sens), de même pour le toucher, l'organe ne doit-il être ni chaud ni froid. De plus, comme la vue, avons-nous dit, a pour objets, en quelque sorte, le visible et l'invisible — et ainsi des autres sens à l'égard des qualités opposées —, de même le toucher a-t-il pour objets le tangible et le non-tangible. Le non-tangible est, soit ce qui ne possède qu'à un très faible degré une qualité spécifique des corps tangibles — l'air par exemple —, soit les excès des qualités tangibles comme les corps destructeurs[92].

Voilà donc terminé, pour chacun des sens, notre exposé schématique.

12

D'une manière générale, pour toute sensation, il faut entendre que le sens est la faculté apte à recevoir les formes sensibles sans la matière, de même que la cire reçoit l'empreinte de l'anneau sans le fer ni l'or — et si elle reçoit l'empreinte de l'or ou de l'airain, ce n'est pas en tant qu'or ou airain. De même en est-il du sens correspondant à chaque sensible; il pâtit sous l'action de l'objet coloré, sapide ou sonore, non pas en tant que chacun de ces objets est appelé telle chose particulière, mais en tant qu'il a telle qualité et en vertu de sa forme. — L'organe sensoriel primaire[93] est celui où réside une faculté de cette sorte. Tous deux sans doute ne font qu'un, mais leur notion diffère : il doit y avoir de l'étendue chez le sentant, alors que ni l'essence de la faculté sensitive ni le sens ne sont de l'étendue, mais une certaine forme et une puissance du sentant.

Tout cela montre clairement pour quelle raison les sensibles d'une excessive intensité détruisent les organes sensoriels. Si en effet le mouvement[94] est trop fort pour l'organe, la forme — qui constitue le sens — est brisée, tout comme l'harmonie et le ton des cordes heurtées trop violemment. — Cela explique aussi pourquoi les plantes n'ont pas la sensibilité, bien qu'elles possèdent l'une des parties de l'âme et pâtissent quelque peu sous l'action des tangibles eux-mêmes : on peut en
424 b effet les refroidir ou les échauffer. La raison en est qu'elles ne possèdent pas de « moyenne[95] » ni de principe propre à recevoir les formes des objets sensibles[96] : mais elles ne pâtissent que par ces formes unies à la matière. — On pourrait aussi se demander si l'odeur peut imprimer une passion à l'être incapable de sentir une odeur, la couleur à l'être incapable de voir, et ainsi de suite pour les autres sensibles. Or puisque l'odorant comme tel, c'est l'odeur, son effet, s'il en est un, ne peut être que l'olfaction produite par l'odeur. Aussi nul être incapable de sentir une odeur ne peut pâtir en rien du fait de l'odeur : le raisonnement vaut aussi des autres sensibles; et de ceux-là même qui sont capables de percevoir, chacun ne pâtit que dans la mesure où il

possède le sens approprié. — On peut encore le prouver comme suit. Ce ne sont ni la lumière ni l'obscurité, ni le son ni l'odeur qui exercent aucune action sur les corps, mais les corps mêmes qui possèdent ces qualités — tel l'air accompagné de tonnerre qui fend le bois. Par contre les qualités tangibles et les saveurs exercent une action sur les corps : sinon, sous l'action de quel agent les êtres inanimés subiraient-ils passion et altération[97] ? — Faut-il donc dire que les autres sensibles agissent aussi ? Disons plutôt que tout corps n'est pas capable de pâtir sous l'action de l'odeur et du son; ceux qui pâtissent sont sans forme déterminée ni consistance : l'air, par exemple, qui devient odorant en subissant une passion. — Qu'est-ce donc, pourtant, que sentir une odeur sinon subir une passion ? Disons alors que sentir une odeur, c'est percevoir[98], tandis que l'air, par la passion qu'il subit, ne fait que devenir rapidement sensible.

LIVRE III

1

Qu'il n'existe pas d'autre sens que les cinq déjà étudiés (je veux dire la vue, l'ouïe, l'odorat, le goût, le toucher), on pourra s'en convaincre comme suit[1]. Admettons, en effet, que tout ce qui est objet de perception tactile nous tombe effectivement sous le sens (car toutes les qualités des tangibles en tant que tels nous sont rendues sensibles par le toucher)[2], et que nécessairement si quelque sensation nous manque, c'est qu'un organe sensoriel nous fait aussi défaut. — D'autre part, toutes les qualités perçues par contact direct, c'est le toucher qui nous les rend sensibles — sens dont nous sommes doués; par contre toutes les qualités perçues à travers des milieux et non par contact direct, nous les sentons grâce aux corps simples, je veux dire l'air et l'eau. — Or les choses se passent de telle sorte que si le même milieu rend perceptibles plusieurs sensibles différents par le genre, le sujet doué de l'organe correspondant percevra nécessairement les deux sensibles — (par exemple, si l'organe est composé d'air, puisque l'air est à la fois le milieu du son et de la couleur). Si par contre plusieurs milieux rendent perceptible un même sensible 425 a
— telle la couleur dont les milieux sont l'air et l'eau

(tous deux diaphanes), alors le sujet doué d'un organe ne contenant que l'un ou l'autre de ces milieux percevra le sensible transmis en l'un et en l'autre. — Or, parmi les corps simples, deux d'entre eux seulement constituent les organes sensoriels : l'air et l'eau (la pupille est faite d'eau, l'ouïe d'air, l'odorat de l'une et de l'autre). Le feu n'appartient à aucun organe ou est commun à tous (car aucun être, sans chaleur, ne peut sentir). La terre enfin ne se trouve en aucun organe, ou bien c'est surtout dans le toucher qu'elle entre en composition. Par suite, il en résulterait qu'aucun organe n'existe hormis ceux qui sont composés d'eau et d'air. Or en fait ces derniers sont bien dévolus à certains animaux. Toutes les sensations possibles sont donc éprouvées par les animaux adultes et qui ne sont pas incomplets; la taupe même, on le constate, a les yeux sous la peau. Par conséquent, s'il n'existe pas d'autre corps simple ni de qualité étrangère aux corps de ce monde, aucun sens ne saurait nous manquer.

Mais il est impossible aussi que les sensibles communs relèvent d'un organe particulier — je veux dire ces qualités que chaque sens nous fait percevoir par accident : mouvement, repos, figure, grandeur, nombre, unité[3]. Toutes ces déterminations, en effet, c'est par un mouvement[4] que nous les percevons : ainsi l'étendue est perçue par un mouvement, par suite aussi la figure, qui est une grandeur déterminée; la chose en repos est perçue par la privation du mouvement; le nombre par la négation du continu et par les sensibles propres, puisque chaque sens perçoit une qualité sensible déterminée. Par suite il est manifestement impossible que l'une quelconque de ces qualités — tel le mouvement — soit l'objet d'un sens spécifique; sinon il en serait comme de notre perception effective du doux par la vue : cela se produit du fait que, percevant parfois ensemble l'un et l'autre sensible, nous les reconnaissons grâce à cette même perception lorsqu'ils interfèrent[5].

Dans le cas contraire nous n'aurions aucune perception des sensibles communs, si ce n'est par accident : c'est ainsi que du fils de Cléon nous percevons non pas qu'il est bien fils de Cléon, mais qu'il est blanc ; et l'objet blanc, c'est par accident qu'il se trouve être fils de Cléon. Mais en fait les sensibles communs nous sont donnés dans une perception commune et qui n'est pas accidentelle ; il n'y a donc pas pour eux de sens particulier, sans quoi nous ne pourrions les percevoir d'aucune autre façon que celle dont nous avons dit voir le fils de Cléon. Mais c'est par accident que les divers sens perçoivent les sensibles propres les uns des autres, et ce, non pas comme sens spéciaux mais comme formant un seul sens, lorsque les perceptions de plusieurs sens se ren- **425 b**
contrent sur le même objet : telle la bile perçue comme amère et jaune. Car il n'appartient certes pas à un autre sens de prononcer que les deux qualités ne font qu'un seul objet[6]. Voilà pourquoi le sens commun se trompe, et voyant du jaune, croit que c'est de la bile.

On pourrait se demander à quelle fin nous avons plusieurs sens et non pas un seul[7]. Ne serait-ce pas pour que ne passent pas inaperçus les sensibles dérivés et communs, tels le mouvement, la grandeur, le nombre ? Si en effet la vue était notre seul sens et qu'elle eût pour objet le blanc[8], les sensibles communs nous échapperaient plus facilement : nous croirions que tous ces sensibles se confondent du fait que couleur et grandeur vont de pair. Mais en réalité, puisqu'un autre sensible propre contient lui aussi les sensibles communs, il appert que chacun de ceux-ci est une qualité spécifique[9].

2

Puisque nous sentons que nous voyons et entendons, il faut que le sujet sente qu'il voit ou bien par la vue, ou bien par un autre sens. Mais en ce dernier cas, le même sens percevra à la fois la vue et la couleur de l'objet. Par suite, ou bien deux sens porteront sur le même sensible ou le même sens se percevra lui-même[10]. En outre, si c'était un autre sens qui percevait la vue, on remonterait ainsi à l'infini ou bien l'un quelconque de ces sens se percevrait lui-même. Aussi est-ce au premier de ces sens qu'il faut reconnaître ce pouvoir[11]. — Mais il y a là une difficulté. En effet, dès lors que sentir par la vue, c'est voir, et que l'objet de la vue, c'est la couleur ou l'objet coloré, si l'on voit le principe de la vision, ce principe primaire de la vision à son tour devra être coloré[12]. Il est donc évident que l'expression « sentir par la vue » ne comporte pas une seule et même acception. En effet, lorsque nous ne voyons pas, c'est par la vue que nous distinguons l'obscurité de la lumière, mais d'une autre manière[13]. De plus, le principe même de la vision est, d'une certaine manière, coloré, car chaque organe sensoriel reçoit la qualité sensible sans la matière. C'est pourquoi après même la disparition des sensibles, sensations et images demeurent dans les organes sensoriels[14].

Mais l'acte du sensible et celui du sens sont le même et unique, bien que leur essence ne soit pas la même[15]. Je prends l'exemple du son en acte et de l'ouïe en acte : peut-être le sujet doué de l'ouïe n'entend-il pas actuellement, comme l'objet sonore peut ne pas émettre de son. Mais quand passe à l'acte l'être capable d'entendre et que résonne l'objet sonore, alors l'ouïe en acte et le son
426 a en acte se produisent simultanément : on dira qu'il y a d'une part audition, de l'autre résonance[16]. Si donc le mouvement, l'action, la passion résident dans ce qui est agi, de toute nécessité, le son et l'ouïe en acte résident dans l'ouïe en puissance[17]. Car l'acte de l'élément actif et moteur se produit dans le patient : aussi le moteur n'est-il pas nécessairement mû[18]. L'acte de l'objet sonore se nomme donc son ou résonance, celui du sens

auditif ouïe ou audition ; car l'ouïe a une double signification et le son également[19]. On en doit dire autant des autres sens et des autres sensibles. Et de même que l'action et la passion résident dans le patient et non pas dans l'agent, de même aussi l'acte du sensible et celui du sens résident dans le sens. Mais dans certains cas les deux actes reçoivent un nom, par exemple : résonance et audition, tandis que dans d'autres ils demeurent innommés : ainsi appelle-t-on « vision » l'acte de la vue, mais l'acte de la couleur n'a pas de nom ; la gustation est l'acte du goût, mais celui de la saveur reste innommé.

Puis donc que l'acte du sens et celui du sensible ne font qu'un, tout en différant par l'essence, il y aura nécessairement disparition ou persistance simultanée de l'ouïe et du son pris en ce sens — donc aussi de la saveur et du goût, et ainsi de suite. Par contre, pour ces termes entendus au sens de puissance, cette nécessité ne s'impose pas : les premiers physiologues avaient le tort de croire qu'il n'existe ni blanc, ni noir hors de la vue, ni saveur hors du goût. En un sens leurs dires étaient justes, en un autre sens ils ne l'étaient pas. C'est en deux acceptions, en effet, que l'on prend le sens et le sensible, savoir : tantôt en puissance et tantôt en acte ; en ce dernier cas, l'opinion des physiologues s'applique donc bien, dans l'autre elle ne s'applique pas. Mais ces penseurs parlaient au sens absolu de termes qui n'admettent pas le sens absolu[20].

Si donc l'harmonie est une sorte de voix, que la voix et l'ouïe soient, en un sens, une seule chose et qu'en un autre sens elles ne soient pas chose une ou identique[21] ; si enfin, l'harmonie est une proportion, il est nécessaire que l'ouïe à son tour constitue une certaine proportion. C'est bien pourquoi toute impression excessive, l'aigu comme le grave, abolit le sens de l'ouïe ; de même l'excès dans les saveurs détruit le goût ; dans les couleurs, la vue 426 b
est abolie par l'excès du brillant ou du sombre, et pour

l'odorat, c'est l'odeur forte, la douce comme l'amère — tout cela suppose que le sens est une sorte de proportion[22]. Par suite les qualités sensibles causent du plaisir lorsque, d'abord pures et sans mélange, elles sont amenées à une certaine proportion — tels l'aigu, le doux, le salé ; de fait elles causent alors du plaisir. D'une manière générale, d'ailleurs, le mixte réalise mieux une harmonie que l'aigu ou le grave, et, pour le toucher, ce qui peut être échauffé ou refroidi[23]. Or le sens, c'est la proportion ; quant aux impressions excessives, elles causent douleur ou destruction.

Chaque sens s'exerce donc sur le sensible qui est son objet propre, réside dans l'organe sensoriel comme tel et juge des différences du sensible qu'il a pour objet : pour le blanc et le noir, ce sens est la vue ; pour le doux et l'amer, le goût. De même en va-t-il pour les autres sens. Mais puisque nous jugeons aussi du blanc et du doux et de chaque sensible par rapport à chacun des autres, c'est par un principe quelconque que nous sentons leurs différences. Il faut bien que ce soit par un sens, puisqu'il s'agit de sensibles. Par où il appert aussi que la chair n'est pas l'organe sensoriel immédiat, car ce serait alors nécessairement par contact avec le sensible que le sens judicatif devrait juger[24]. Il n'est pas possible non plus de juger par des sens différents que le doux diffère du blanc : c'est un seul sens qui doit connaître clairement l'un et l'autre. Sinon, alors même que je percevrais l'un et toi l'autre, leur différence serait encore aperçue ! En fait c'est un seul principe qui doit énoncer cette différence — car le doux diffère du blanc. C'est donc le même principe qui l'énonce, et par suite, de même qu'il énonce, il pense aussi et il sent[25].

Ainsi donc il est impossible que des sens séparés jugent de sensibles séparés, la chose est claire ; qu'on ne puisse non plus le faire en des moments séparés, en voici la preuve[26]. De même en effet que c'est le même principe qui énonce la différence du bon et du mauvais, de même quand il énonce : « l'un diffère », il dit dans le même temps que l'autre diffère aussi — et alors le *quand* n'est pas accidentel. J'entends par là que je puis dire : « ceci diffère de cela », sans dire pour autant qu'il en diffère actuellement. Par contre, le principe qui juge des sensibles énonce actuellement un fait actuel[27]. Il y a donc deux jugements simultanés. Par suite, c'est un principe indivisible qui juge et en un temps indivisible.

Mais pourtant il est impossible qu'une même chose soit mue simultanément de mouvements contraires en tant qu'elle est indivisible et dans un temps indivisible. Si en effet le sensible est le doux, il imprime tel mouvement au sens et à la pensée, tandis que l'amer les meut 427 a
en sens contraire, et le blanc autrement encore. Serait-ce donc que le principe judicatif est à la fois numériquement un et indivisible, inséparable dans le temps et partagé dans son essence ? Alors, en un sens, ce serait le divisible qui sentirait les qualités sensibles divisées, en un autre sens, il percevrait comme indivisible ; dans son essence, disions-nous, il serait divisible, mais par le lieu, le temps et le nombre, indivisible[28]. — Ou plutôt n'y a-t-il pas là une impossibilité ? Car c'est seulement en puissance que le même sujet à la fois indivisible et divisé est les contraires, et non pas par l'essence : en réalité, c'est sous le rapport de l'acte qu'il est divisible et il ne peut être simultanément blanc et noir[29] ; aussi ne peut-il pâtir sous l'action des formes correspondantes — si la sensation et la pensée sont bien telles que nous avons dit. En fait, il en est ici comme du point selon certains : considéré comme un ou comme deux, il est par là même divisible. En tant qu'indivisible, le principe judicatif est un et juge des deux sensibles en même temps ; considéré comme divisible, il n'est plus un, puisqu'il se sert deux fois du même point en même temps. Ainsi, du fait qu'il traite la limite comme deux, il

juge deux choses et deux choses séparées, par une faculté en quelque sorte séparée; mais en tant qu'il traite la limite comme une, il juge deux choses en même temps[30].

Sur le principe auquel nous attribuons la sensibilité de l'animal, bornons là notre traité.

3

C'est donc par deux propriétés distinctives principales que l'on définit l'âme : le mouvement local puis la pensée et l'intelligence. D'ordinaire on considère la pensée et l'intelligence comme une sorte de sensation (dans les deux cas, en effet, l'âme juge et connaît une réalité quelconque). Les anciens, pour leur part, identifient intelligence et sensation; c'est ainsi qu'Empédocle déclare : « D'après ce qui s'offre aux sens l'intelligence grandit chez les hommes[31] », et ailleurs : « de là vient qu'ils ont toujours des idées changeantes[32] »; même intention aussi dans le mot d'Homère : « Car telle est la pensée[33]... » Tous ces auteurs conçoivent la pensée, à l'instar de la sensation, comme une réalité corporelle et ils estiment que le semblable sent et pense par le semblable : nous l'avons d'ailleurs exposé au début du traité[34]. Ils auraient dû cependant traiter en même
427 b temps de l'erreur, car celle-ci est plus habituelle aux animaux et constitue plus souvent le séjour de l'âme. Aussi s'ensuit-il nécessairement de cette doctrine ou bien, comme disent certains, que toutes les apparences sont vraies, ou bien que c'est dans le contact du dissemblable que consiste l'erreur : c'est là en effet le contraire de la connaissance du semblable par le semblable; mais on admet d'ordinaire que l'erreur comme la science, portant sur les contraires, est une et la même.

En réalité, que sensation et intelligence ne soient pas

identiques, la chose est claire : l'une, en effet, appartient à tous les animaux, l'autre à un petit nombre d'entre eux[35]. Mais la pensée non plus — qui comprend la pensée droite et la pensée erronée, la pensée droite étant prudence, science et opinion vraie, la pensée erronée leurs contraires —, la pensée ne s'identifie pas non plus à la sensation ; car la sensation des sensibles propres est toujours vraie et appartient à tous les animaux, tandis que la pensée peut aussi bien être fausse et n'est donnée à aucun être qui ne possède aussi la raison.

L'imagination, à son tour, se distingue de la sensation comme de la pensée ; mais elle n'est pas donnée sans la sensation et sans imagination il n'y a pas de croyance. Que l'imagination ne soit ni pensée ni croyance, c'est clair. Car cet état dépend de nous, de notre vouloir (nous pouvons réaliser en image un objet devant nos yeux comme font ceux qui rangent leurs idées en ordre mnémonique et construisent des images)[36] ; par contre, former une opinion ne dépend pas de nous, car il faut alors nécessairement être dans l'erreur ou dans la vérité. En outre, lorsque nous formons l'opinion qu'un objet est terrible ou effrayant, aussitôt nous éprouvons l'émotion correspondante — de même si l'objet est rassurant ; au contraire, dans le jeu de l'imagination, notre comportement est le même que si nous contemplions en peinture les objets terribles et rassurants[37]. Il y a aussi des variétés de la croyance elle-même : ce sont la science, l'opinion, la prudence et leurs contraires ; leurs caractères distinctifs sont étudiés ailleurs[38].

Quant à la pensée, puisqu'elle diffère de la sensation et qu'elle comprend à la fois, semble-t-il, l'imagination et la croyance, il nous faut traiter d'abord de l'imagination et ensuite seulement de la croyance. Si donc l'ima- **428 a**
gination est cette fonction dont on dit qu'elle produit en nous l'image, tout usage métaphorique du mot étant exclu[39], elle est, parmi d'autres, une faculté ou un état

qui permet de juger en étant dans la vérité ou l'erreur. Mais telles sont aussi la sensation, l'opinion, l'intellection, la science[40].

Que l'imagination ne soit pas la sensation, en voici la preuve. La sensation est puissance ou acte : vue ou vision; par contre, une image peut se produire même en l'absence de l'une et de l'autre; c'est le cas des images perçues pendant le sommeil. De plus la sensation est toujours donnée[41], tandis que l'imagination ne l'est pas. Si d'autre part elles étaient identiques en acte, toutes les bêtes pourraient posséder l'imagination : il ne semble pas que ce soit le cas, par exemple pour la fourmi, l'abeille ou le ver. En outre les sensations sont toujours vraies, tandis que les images sont le plus souvent fallacieuses. De surcroît nous ne disons pas, lorsque notre activité sensorielle s'exerce avec exactitude sur l'objet sensible, que « cela nous *paraît* être l'image d'un homme » : c'est bien plutôt quand nos perceptions manquent de clarté; c'est alors qu'intervient la sensation vraie ou la fausse. Enfin, comme nous le disions plus haut, des images visuelles apparaissent même quand on tient les yeux fermés.

Mais l'imagination ne pourra non plus s'identifier à aucune des opérations qui sont toujours vraies, comme la science ou l'intellection : car l'imagination est aussi bien trompeuse. Reste donc à voir si elle se ramène à l'opinion, qui peut être soit vraie soit fausse. Mais en réalité l'opinion entraîne la conviction (car il est impossible d'avoir une opinion sans y ajouter foi); or aucune bête n'est capable de conviction, tandis que beaucoup d'entre elles possèdent l'imagination. De plus l'opinion suppose toujours la conviction, la conviction suppose la persuasion, la persuasion la raison; or, parmi les bêtes, certaines possèdent l'imagination, mais non pas la raison. Il est donc évident que l'imagination ne saurait être ni une opinion accompagnée de sensation, ni l'opinion

produite par la sensation, ni une combinaison d'opinion et de sensation. Pour les raisons susdites[42], il est clair aussi que, [dans la théorie adverse], l'opinion n'est pas autre chose que la sensation mais s'identifie à elle, puisqu'elle aurait le même objet que la sensation : j'entends que l'opinion que cela est blanc combinée avec la sensation de blanc constituerait l'imagination, car 428 b
celle-ci ne pourrait résulter de l'opinion portant sur le bien et de la sensation de blanc. Imaginer serait donc se former une opinion sur l'objet même de la sensation, et cela non pas par accident[43]. — Mais en réalité certaines apparences sensibles sont fausses sur lesquelles on porte en même temps un jugement vrai : ainsi, pour le sens, le soleil n'a qu'un pied de diamètre, mais on le croit plus grand que la terre habitée. La conséquence est alors la suivante : ou bien l'on a renié son opinion vraie antérieure sans changement dans l'objet, ni oubli ni nouvelle conviction de notre part; ou bien si l'on garde peu ou prou l'opinion première, celle-ci doit alors nécessairement être à la fois vraie et fausse. Mais elle ne pourrait être fausse que si l'objet avait changé à notre insu. Par suite, ce n'est pas l'une de ces opérations[44] ni leur combinaison qui constitue l'imagination.

Mais on le sait, lorsqu'une chose est en mouvement, une autre chose peut être mue par la première[45]; en outre, l'imagination est, semble-t-il, un mouvement[46], ne peut se produire sans la sensation, n'est accordée qu'aux êtres sentants et porte sur les mêmes objets que la sensation; enfin, un mouvement peut être engendré par la sensation en acte et par suite sera nécessairement semblable à la sensation[47]. Cela posé, un mouvement de cette sorte[48] ne pourra se produire sans la sensation ni appartenir aux êtres non sentants; il permettra au sujet d'exercer et de subir des actions très diverses; il sera enfin susceptible de vérité aussi bien que d'erreur —. Cette dernière conséquence s'établit comme suit. La

sensation des sensibles propres est toujours vraie ou ne comporte que le minimum d'erreur. En second rang vient la perception du sujet affecté de ces déterminations accidentelles, et ici déjà l'erreur peut se glisser : en effet, qu'il y ait là du blanc ne prête pas à erreur, mais que ce blanc soit telle chose ou telle autre, on peut s'y tromper. En troisième rang vient la perception des sensibles communs, c'est-à-dire des sensibles dérivés des sensibles par accident[49], auxquels appartiennent les sensibles propres : je veux dire par exemple le mouvement, la grandeur — accidents des sensibles propres; c'est à leur endroit que la sensation court le plus grand risque d'erreur. Or le mouvement produit par la sensation en acte variera selon qu'il provient de l'une ou de l'autre de ces trois espèces de sensations[50]. Le mouvement de la première sorte, tant que la sensation est présente, est vrai; quant aux deux autres, en présence comme en l'absence de la sensation, ils risquent d'être faux, par-dessus tout si le sensible est éloigné. — Si donc
429 a aucune autre fonction que l'imagination ne possède les caractères énumérés plus haut et que celle-ci soit bien ce qu'on a dit, l'imagination peut se définir : un mouvement produit par la sensation en acte. Et puisque la vue est le sens par excellence, l'imagination (φαντασία) a tiré son nom de « lumière » (φάος), car sans lumière il est impossible de voir. Et du fait que les images persistent et ressemblent aux sensations, c'est souvent en se guidant sur elles que les animaux agissent : les uns parce qu'ils sont dépourvus d'intelligence — c'est le cas des bêtes —, les autres parce que leur intelligence est parfois obscurcie par la maladie ou par le sommeil : c'est le cas des hommes.

Au sujet de l'imagination, de sa nature et de sa cause, bornons là notre exposé.

4

Venons-en à cette partie de l'âme par laquelle l'âme connaît et pense. Qu'elle soit séparable ou qu'elle ne soit pas séparable selon l'étendue mais seulement selon la notion[51], il faut examiner quel est son caractère distinctif et le processus de l'intellection. Si donc l'intellection est analogue à la sensation, elle doit être ou une sorte de passion sous l'action de l'intelligible ou quelque autre chose de semblable[52]. Le principe de l'intellection doit donc être impassible, mais capable de recevoir la forme et tel en puissance que la forme — sans pourtant être identique à celle-ci —, et se comporter à l'égard des intelligibles de la même manière que la faculté sensitive à l'égard des sensibles[53]. Il doit donc nécessairement, puisqu'il pense toutes choses, être « sans mélange » comme dit Anaxagore, pour « dominer » c'est-à-dire pour connaître[54] : car, s'il manifeste sa forme propre auprès de la forme étrangère, il fait obstacle à celle-ci et l'interceptera : aussi n'a-t-il en propre aucune nature si ce n'est d'être en puissance. Par suite, ce qu'on appelle « l'intellect appartenant à l'âme » — j'entends par intellect ce par quoi l'âme pense et conçoit —, n'est en acte aucun des êtres avant de penser. C'est pourquoi l'on ne peut non plus, croire raisonnablement qu'il soit mêlé au corps : car alors il prendrait telle qualité, serait chaud ou froid, voire muni de quelque organe, comme c'est le cas de la faculté sensitive; mais en fait il n'en a aucun. Aussi a-t-on bien raison de dire que l'âme est le lieu des formes[55], à la réserve que ce n'est pas l'âme entière mais l'âme intellectuelle, et qu'il ne s'agit pas de formes en entéléchie mais seulement en puissance. — Que l'impassibilité de la faculté sensitive et celle de la faculté intellectuelle ne soient pas de même nature, cela est clair si l'on considère les organes sensoriels et le

429 b sens[56]. Le sens, en effet, n'est plus capable de percevoir à la suite d'une excitation sensible très forte : par exemple, on ne perçoit pas le son à la suite de sons intenses, de même qu'à la suite de couleurs et d'odeurs puissantes on ne peut ni voir ni sentir ; au contraire, l'intellect, quand il a pensé un objet fortement intelligible, n'est pas moins capable de penser les intelligibles inférieurs, mais il en est au contraire plus capable. La faculté sensitive, en effet, n'est pas indépendante d'un organe corporel, tandis que l'intellect est séparé. — Lorsque celui-ci est devenu chacun de ses objets au sens précis où l'on est dit savant, et cela en acte — ce qui arrive lorsqu'il peut passer à l'acte de lui-même —, il demeure, même alors, en puissance à un certain égard, non pas toutefois de la même manière qu'avant d'avoir appris ou d'avoir trouvé. Et il peut alors se penser lui-même[57].

On le sait : autre est la grandeur, autre l'essence formelle de la grandeur ; de même pour l'eau et l'essence formelle de l'eau — et en beaucoup d'autres cas, mais non pas en tous, car en certains il y a identité[58]. Il s'ensuit que l'on juge de l'essence formelle de la chair et de la chair soit par des facultés différentes, soit par la même faculté se comportant de différentes manières[59] ; la chair, en effet, n'existe pas séparée de la matière, mais il en est d'elle comme du camus : telle forme déterminée en telle matière déterminée. C'est donc par la faculté sensitive qu'on juge du chaud, du froid, et des qualités dont la chair représente une certaine proportion[60] ; par contre, c'est ou bien par une autre faculté séparée, ou par la même faculté placée, à l'égard d'elle-même, dans la relation que soutient la ligne brisée une fois redressée avec la ligne brisée elle-même, qu'on juge de l'essence formelle de la chair[61]. D'autre part, dans le cas des êtres abstraits, il en est de la ligne droite comme du camus, puisqu'il suppose le continu ; mais l'essence formelle est autre chose si l'essence formelle de la ligne droite est autre que la ligne droite elle-même; supposons que ce soit la dyade. C'est donc par une faculté différente ou par la même faculté se comportant d'une manière différente qu'on en juge[62]. En général donc, de la même manière que les choses sont séparables de la matière, ainsi en est-il pour ce qui concerne l'intellect.

Mais on posera les questions suivantes : si l'intellect est simple et impassible et s'il n'a rien de commun avec quoi que ce soit, au dire d'Anaxagore[63], comment pensera-t-il, si penser, c'est subir une certaine passion ? Car c'est en tant qu'un élément est commun à deux termes que l'un, semble-t-il, agit et que l'autre pâtit[64]. — De plus, l'intellect est-il lui aussi intelligible ? Ou bien, en effet, les autres réalités posséderont l'intellect, si ce n'est pas par autre chose qu'il est lui-même intelligible et si, d'autre part, l'intelligible est chose spécifiquement une[65]; ou bien quelque chose sera mêlé à l'intellect qui le rendra intelligible comme le reste[66].

Ne faut-il pas plutôt reprendre notre distinction antérieure de la passion s'exerçant selon un élément commun[67] ? C'est en puissance, d'une certaine manière, que l'intellect est identique aux intelligibles, mais il n'est en entéléchie aucun d'eux avant de penser. Il doit en être comme d'une tablette où rien ne se trouve inscrit en 430 a
entéléchie : c'est précisément ce qui arrive dans le cas de l'intellect[68]. — De plus, il est lui-même intelligible comme le sont les objets intelligibles. En effet, dans le cas des réalités immatérielles, il y a identité entre le sujet pensant et l'objet pensé, car la science théorique et son objet sont identiques[69]. Quant au fait qu'on ne pense pas toujours, il faut en examiner la raison. — Par contre, dans les réalités qui renferment de la matière, c'est en puissance seulement que réside chacun des intelligibles. Aussi ces dernières ne posséderont-elles pas l'intellect — car l'intellect qui les prend pour objets

est une faculté immatérielle —, tandis que l'intellect possédera l'intelligibilité.

5

Comme il y a dans la nature tout entière, d'une part un principe qui fait fonction de matière pour chaque genre de choses — et c'est ce qui est en puissance toutes ces choses —, et d'autre part un principe causal et actif qui les produit toutes — telle la technique par rapport à la matière —, il est nécessaire que dans l'âme aussi se trouvent ces différences. De fait il y a, d'une part, l'intellect capable de devenir toutes choses, d'autre part l'intellect capable de les produire toutes, semblable à une sorte d'état comme la lumière : d'une certaine manière, en effet, la lumière elle aussi fait passer les couleurs de l'état de puissance à l'acte[70]. Et cet intellect est séparé, sans mélange[71] et impassible, étant acte par essence. Toujours, en effet, l'agent est supérieur au patient et le principe à la matière. — C'est une même chose que la science en acte et son objet ; sans doute la science en puissance est-elle antérieure selon le temps dans l'individu, mais, absolument parlant, elle n'est pas même antérieure selon le temps ; pourtant, il ne faut pas croire que cet intellect tantôt pense et tantôt ne pense pas[72]. C'est lorsqu'il a été séparé qu'il est seulement ce qu'il est en propre, et cela seul est immortel et éternel[73]. Mais nous ne nous souvenons pas, car ce principe est impassible, tandis que l'intellect passif est corruptible et que sans lui il n'y a pas de pensée[74].

6

L'intellection des indivisibles a pour domaine tout ce qui exclut le risque d'erreur. Par contre, là où le faux et le vrai sont possibles apparaît déjà une composition des concepts saisis comme formant une unité. Ainsi que disait Empédocle : « Là où poussèrent beaucoup de têtes sans cou » survint l'amitié qui les réunit[75]; de même ces notions d'abord séparées entrent en composition : par exemple les notions d'incommensurable et de diagonale. Et s'il s'agit de faits passés ou futurs[76], la **430 b**
notion de temps est ajoutée et entre en composition. En effet, l'erreur suppose toujours une composition : si l'on dit que le blanc n'est pas blanc, c'est qu'on a fait entrer le non-blanc en composition. On peut aussi bien appeler divisions toutes ces opérations[77]. Du moins la vérité ou l'erreur ne concerne pas seulement l'affirmation que Cléon est blanc, mais aussi qu'il l'était ou le sera. Et ce qui réalise l'unité de chacune de ces compositions, c'est l'intellect.

Quant à l'indivisible, puisqu'il se prend en deux sens — la puissance ou l'acte —, rien n'empêche de penser l'indivisible quand on pense la longueur (car elle est indivisible en acte) et ce en un temps indivisible. Le temps est en effet divisible et indivisible de la même manière que la longueur[78]. On ne peut donc dire quelle partie de la longueur l'esprit pense dans chaque moitié du temps : car chaque moitié n'existe qu'en puissance avant la division. Mais en pensant séparément chacune des moitiés, l'esprit divise le temps par là même — et, en quelque sorte, au moyen de la longueur. Si par contre l'esprit pense la longueur comme formée des deux moitiés, il la pense alors dans un temps qui enveloppe simultanément l'une et l'autre[79].

Pour ce qui est indivisible non pas selon la quantité

mais selon la forme, l'intellect le pense en un temps indivisible et par un acte indivisible de l'âme[80]. C'est seulement par accident, et non de la même manière que les continus, que sont divisibles l'acte qui les pense et le temps où il les pense[81] : mais alors même on les pense comme indivisibles en acte. Il y a en effet même dans les indivisibles en acte un élément indivisible — mais sans doute n'est-il pas séparé — qui fait l'unité du temps et de la longueur. Et cet élément se retrouve de même en tout continu, temps aussi bien que longueur[82].

Le point à son tour, comme toute espèce de division et en général tout indivisible de cette sorte, se révèle à l'esprit de la même manière que la privation. Même réponse aux autres questions de ce type : par exemple, comment connaît-on le mal ou le noir ? — C'est par leur contraire, en un sens, qu'on les connaît. Mais il faut que le connaissant soit en puissance [ces contraires] et contienne l'un de ces termes en lui-même. Mais si l'une des causes n'a pas de contraire, elle est à elle-même son propre objet de connaissance, existe en acte et séparée[83].

L'énonciation applique donc un attribut à un sujet, comme l'affirmation, et est nécessairement vraie ou fausse ; pour l'intellect il n'en va pas toujours de même : c'est lorsqu'il saisit l'être de la chose comme essence formelle qu'il est vrai, et non pas lorsqu'il applique un attribut à un sujet. Mais de même que la vue du sensible propre est toujours vraie (quant à savoir si tel objet blanc est un homme ou non, la vérité n'est pas toujours atteinte), ainsi l'intellect est-il infaillible pour tous les objets indépendants de la matière.

7

C'est une même chose que la science en acte et son objet. Sans doute la science en puissance est-elle antérieure selon le temps dans l'individu ; mais, absolument parlant, elle n'est pas même antérieure selon le temps : car c'est d'un être en entéléchie que procède tout ce qui devient[84]. Il est clair que l'objet sensible fait seulement passer la faculté sensitive de la puissance à l'acte : car en fait la faculté ne subit ni passion ni altération. Aussi est-ce là une autre espèce de mouvement[85] ; le mouvement a été défini comme l'acte de ce qui est inachevé, tandis que l'acte au sens absolu est tout différent — j'entends l'acte de ce qui est parfaitement achevé. **431 a**

Ainsi donc la sensation est analogue à la simple énonciation et conception ; mais quand l'objet est agréable ou pénible, par une sorte d'affirmation ou de négation, on le recherche ou l'évite ; la jouissance ou l'affliction sont des actes de la moyenne que constitue le sens en face du bon ou du mauvais comme tels[86]. L'aversion et le désir relèvent tous deux, comme actes, du même principe, c'est-à-dire : le principe du désir et celui de l'aversion ne se distinguent pas l'un de l'autre ni de la faculté sensitive, mais leur essence seule diffère.

Quant à la pensée discursive de l'âme, les images lui tiennent lieu de sensations. Et quand l'objet est bon ou mauvais, elle affirme ou nie, fuit ou poursuit. C'est pourquoi l'âme ne pense jamais sans image. Ainsi l'air donne à la pupille telle qualité, la pupille à son tour agit sur autre chose, et l'ouïe de même ; mais le dernier terme est un ; il constitue une moyenne réellement une, mais multiple par l'essence formelle[87]. Quant au principe qui juge de la différence entre le doux et le chaud, on l'a déterminé plus haut[88] ; il faut pourtant le redire ici. Ce principe est un, et ce, de la même manière que la

limite[89]. Et ces qualités sensibles, le sens commun, qui est un proportionnellement et numériquement, les contient en lui-même dans le même rapport mutuel qu'elles ont entre elles dans la réalité[90]; quelle différence y a-t-il en effet à se demander comment il juge les qualités de genres différents ou les qualités contraires comme le blanc et le noir? Supposons donc que A (le blanc) est à B (le noir) comme Γ à Δ [rapport mutuel de ces qualités dans la réalité]; on peut alors renverser la proportion. Si donc les qualités ΓΔ sont attributs d'un seul sujet, elles se comporteront comme les qualités AB : elles ne seront qu'une seule et même chose, mais différeront par l'essence : de même pour les
431 b autres couples. Le même raisonnement vaudra si A représente le doux et B le blanc[91].

Ainsi donc les formes sont pensées par la faculté intellectuelle dans les images[92]; comme les sensibles lui déterminent ce qu'il faut chercher ou fuir, ainsi en dehors même de la sensation, lorsqu'elle s'applique aux images, la faculté se meut. Par exemple quand on perçoit que la torche est du feu, le sens commun révèle, à la vue d'une chose qui bouge, la présence d'un ennemi[93]. D'autres fois, grâce aux images qui sont dans l'âme ou plutôt grâce aux concepts, on calcule et délibère, comme si l'on voyait, l'avenir en fonction du présent. Et quand on affirme que là se trouve l'agréable ou le pénible, alors naît le mouvement de fuite ou de recherche, et, de toute manière, on ne fera que l'un ou l'autre. Quant à ce qui est étranger à l'action, le vrai et le faux, il appartient au même genre que le bon et le mauvais, mais avec cette différence que les premiers sont tels absolument, les seconds le sont pour un être déterminé.

Mais ce qu'on appelle les abstractions, on les pense de la même manière que le camus[94] : le nez camus en tant que tel, on le pense sans le séparer de la matière; mais si l'on considère la concavité et qu'on la pense en acte, la pensée exclut la chair où s'inscrit cette concavité ; c'est ainsi que les objets mathématiques, quoique non séparés de la matière, sont pensés comme séparés, quand on pense les abstractions. D'une manière générale, l'intellect, lorsqu'il est en acte, est identique aux objets [de pensée]. Quant à savoir si l'intellect peut penser quelque objet séparé de la matière sans être lui-même séparé de l'étendue, ou si c'est impossible, il faudra l'examiner ultérieurement[95].

8

Et maintenant récapitulons nos affirmations au sujet de l'âme. Nous dirons à nouveau que l'âme est, en un sens, tous les êtres. Les êtres en effet sont ou sensibles ou intelligibles : la science s'identifie en quelque sorte aux objets du savoir comme la sensation aux objets sensibles. Comment cela se fait-il, c'est la question à résoudre.

On sait que science et sensation se divisent de la même manière que leurs objets : considérées en puissance, elles correspondent à leurs objets en puissance, considérées selon l'acte, elles correspondent à leurs objets en acte. En l'âme même les facultés sensitive et intellectuelle sont en puissance leurs objets : l'intelligible d'une part, le sensible de l'autre. Mais il s'agit nécessairement ou de ces objets en eux-mêmes ou de leurs formes. Que ce soit les objets mêmes, c'est impossible : ce n'est pas la pierre qui est dans l'âme, mais sa
forme. Aussi l'âme est-elle analogue à la main : comme **432 a**
la main est un instrument d'instruments[96], l'intellect à son tour est forme des formes, tandis que le sens est forme des qualités sensibles. Mais puisque nul objet, semble-t-il, ne peut exister séparé des grandeurs sensibles, c'est dans les formes sensibles que les intelli-

gibles existent[97], tant ce qu'on appelle les « abstractions » que toutes les qualités et attributs des objets sensibles. Voilà pourquoi si l'on n'avait aucune sensation, on ne pourrait non plus rien apprendre ni comprendre ; et d'autre part, lorsque l'on pense, la pensée s'accompagne nécessairement d'une image, car les images sont en un sens des sensations, sauf qu'elles sont sans matière. L'imagination est pourtant différente de l'affirmation et de la négation, car c'est en une synthèse de concepts que réside la vérité ou l'erreur. Mais alors en quoi les concepts premiers se distingueront-ils des images[98] ? Ne serait-ce pas plutôt qu'ils ne sont pas des images, bien qu'ils ne soient jamais donnés sans images ?

9

Ainsi donc l'âme — j'entends l'âme animale — se définit par deux puissances : l'une est la faculté de juger qui est la fonction de la pensée et la sensation ; l'autre meut selon le mouvement local. De la sensation et de l'intellect nous avons suffisamment traité. Quant à la faculté motrice, il faut examiner ce qui dans l'âme joue ce rôle : n'est-ce qu'une seule partie de l'âme, séparable selon l'étendue ou selon la notion ? Ou est-ce, au contraire, l'âme entière ? Et si elle est une partie de l'âme, est-elle distincte de celles qu'on énumère habituellement et que nous avons dites, ou l'une quelconque d'entre elles ?

Mais la question se pose d'emblée de savoir en quel sens on doit parler des parties de l'âme et quel est leur nombre. À un certain égard, en effet, elles semblent être en nombre infini, au lieu de se réduire, selon les distinctions des uns, aux facultés raisonnante, impulsive et appétitive[99], ou selon d'autres, à la partie rationnelle et à la partie irrationnelle[100]. En effet, si l'on examine les différences qui fondent de telles partitions, il ressort que d'autres parties présentent entre elles plus de différences encore que les premières : ce sont celles dont nous avons déjà traité, savoir la partie nutritive, commune aux plantes et à tous les animaux; la partie sensitive, que l'on ne saurait aisément classer ni comme irrationnelle ni comme rationnelle; vient ensuite la partie imaginative, qui par son essence diffère de toutes **432 b** les autres, mais dont on ne saurait dire sans grande difficulté à quelle partie elle se ramène et de laquelle elle se distingue si l'on suppose en l'âme des parties séparées; enfin la partie désirante, qui tant par sa notion que par sa puissance paraît se distinguer de toutes les autres. Ce serait pourtant une absurdité de morceler cette partie; car c'est dans la partie rationnelle que le vouloir prend naissance, comme font, dans la partie irrationnelle, l'appétit et l'impulsion. Si donc on fait l'âme tripartite, en chaque partie on retrouvera le désir[101].

Mais revenons à l'objet de notre présente étude. Quel est, chez l'animal, le principe du mouvement local? En effet, les mouvements de croissance et de dépérissement, communs à tous les vivants, sembleraient devoir être attribués au principe moteur commun à tous : la faculté génératrice et nutritive. Quant à l'inspiration et à l'expiration, au sommeil et à la veille, il faudra les étudier plus tard[102]. Car ces problèmes comportent eux aussi de graves difficultés. — Mais pour en revenir au mouvement local, quel est le principe du mouvement de locomotion chez l'animal? C'est ce qu'il faut examiner.

Que ce principe ne soit pas la puissance nutritive, c'est clair : toujours, en effet, c'est en vue d'une fin que le mouvement de locomotion s'accomplit, et il s'accompagne soit de l'imagination, soit du désir; car l'animal, s'il ne désire ni ne fuit un objet, n'est mû que par contrainte. En outre, dans cette hypothèse, les plantes elles-mêmes seraient douées de ce mouvement local et posséderaient un organe propre à l'assurer.

Ce principe n'est pas non plus la puissance sensitive : nombreux sont en effet les animaux doués de sensation qui pourtant demeurent sédentaires et immobiles leur vie durant. Si donc la nature ne fait rien en vain ni ne néglige aucune nécessité (sauf chez les êtres incomplets et imparfaits ; mais les animaux dont nous parlons sont parfaits et non pas incomplets : la preuve en est qu'ils se reproduisent et parviennent à maturité avant de dépérir[103]), dans ces conditions donc ces vivants seraient dûment pourvus d'organes propres à la locomotion.

Mais ce n'est pas davantage la faculté intellectuelle ni ce qu'on nomme l'intellect qui constitue le principe moteur. En effet, l'intellect théorique ne pense rien dans l'ordre pratique, ni ne se prononce sur ce qu'il faut fuir ou rechercher : or le mouvement local concerne toujours la fuite ou la recherche d'un objet. Et lors même que l'intellect connaît un objet de cet ordre, il ne commande pourtant alors ni la fuite ni la recherche : c'est ainsi que souvent on pense à quelque chose de redoutable ou d'agréable sans que l'intellect commande
433 a la fuite ; le cœur seul est excité, et si l'objet est agréable, c'est une autre partie du corps. De plus, quand bien même l'intellect ordonne et que la pensée prescrit de fuir ou de rechercher telle chose, l'animal ne se meut pas pour autant[104] : mais il agit selon l'appétit, comme font les intempérants. Voici d'ailleurs une constatation générale : celui qui possède la science médicale ne l'exerce pas toujours : c'est donc un autre principe qui ordonne d'agir selon la science médicale, et non pas cette science même. — Enfin ce n'est pas non plus l'appétit[105] qui commande ce genre de mouvement : les tempérants, en effet, quand ils éprouvent des désirs, je veux dire des appétits, n'agissent pas dans le sens du désir, mais se règlent sur la raison.

10

Ceci du moins est clair : il y a deux principes du mouvement local : le désir et l'intellect — à condition que l'on considère l'imagination comme une sorte d'intellection. Souvent, en effet, les hommes se détournent de la science pour suivre leurs imaginations, et les autres animaux ne possèdent ni intellection ni raisonnement, mais seulement l'imagination. Ces deux facultés sont donc principes du mouvement local : l'intellect et le désir — j'entends l'intellect qui raisonne en vue d'un but, c'est-à-dire l'intellect pratique; il se différencie de l'intellect théorique par sa fin[106]. Le désir à son tour poursuit toujours un but, et l'objet même du désir devient principe de l'intellect pratique; le terme final du raisonnement est le point de départ de l'action[107]. C'est donc à juste raison que ces deux facultés sont regardées comme motrices : désir et pensée pratique; car le désirable est moteur et, si la pensée à son tour est motrice, c'est parce qu'elle trouve le principe de son propre mouvement dans le désirable. — De même l'imagination, quand elle meut, ne meut pas sans le désir.

Unique est donc le principe moteur premier : l'objet désirable. En effet si deux principes, l'intellect et le désir, étaient à l'origine du mouvement, c'est en vertu d'un caractère commun qu'ils seraient moteurs. Mais en fait, on le constate, l'intellect ne meut pas sans le désir (car la volition est une espèce de désir, et quand on se meut selon le raisonnement, on se meut aussi par volition). En revanche, le désir peut mouvoir contre le raisonnement, car l'appétit est une espèce de désir. Pourtant, l'intellect est toujours droit, tandis que le désir et l'imagination peuvent être droits ou erronés. —

Voilà pourquoi c'est toujours l'objet désirable qui meut, mais ce peut être un bien véritable ou seulement apparent — non pas n'importe quel bien, s'entend, mais le bien pratique; et le bien pratique est celui qui peut être autrement qu'il n'est[108].

Ainsi donc c'est telle puissance de l'âme qui est principe du mouvement : celle qui porte le nom de « désir »;
433 b la chose est claire. Ceux qui divisent l'âme en parties[109] en fondant cette division et ce partage sur les puissances de l'âme, aboutissent à une grande multiplicité de parties[110] : nutritive, sensitive, intellectuelle, délibérante, désirante enfin; car ces parties diffèrent davantage entre elles que la partie appétitive de la partie impulsive. — Mais on le sait : les désirs naissent en lutte les uns contre les autres, et cela se produit quand raison et appétits militent en sens contraires : c'est le propre des êtres qui ont la perception du temps (l'intellect nous pousse à résister en considération de l'avenir, l'appétit nous entraîne dans la seule vue de l'immédiat : car le plaisir du moment paraît être agréable absolument et bon absolument, du fait qu'on ne voit pas l'avenir[111]). Par suite, le principe moteur doit être spécifiquement un : c'est la faculté désirante comme telle, mais le désirable est antérieur à tout le reste (car il meut sans être mû du fait qu'il est pensé ou imaginé); pourtant, par le nombre, les moteurs sont multiples.

Or le mouvement suppose trois termes : le premier est le moteur, le deuxième ce par quoi il meut, le troisième enfin ce qui est mû. Le moteur à son tour est de deux sortes : l'un immobile, l'autre moteur et mû. Ici le moteur immobile est le bien pratique; le moteur mû, la faculté désirante (car le sujet désirant est mû en tant qu'il désire, et le désir est une sorte de mouvement ou plutôt un acte); enfin l'être mû est l'animal. Quant au moyen par lequel meut le désir, c'est dès lors quelque chose de corporel : aussi est-ce parmi les fonctions communes au corps et à l'âme que l'étude de ces termes doit trouver place. — Pour le moment bornons-nous à ces indications sommaires : le moteur qui agit au moyen d'organes se trouve au point où principe et terme du mouvement coïncident. Soit l'exemple de la jointure : la convexité et la concavité s'y trouvent, l'une comme terme, l'autre comme principe du mouvement ; aussi le concave est-il en repos, le convexe en mouvement[112], et ils diffèrent selon la notion, mais sont inséparables dans l'étendue. Tout se meut en effet par poussée et par traction[113]. Aussi doit-il y avoir, comme dans le cercle, un point fixe qui soit le principe du mouvement.

En général donc, on l'a dit, c'est parce qu'il désire que l'être vivant se meut lui-même. Mais la faculté désirante n'est pas indépendante de la représentation, et toute représentation est rationnelle ou sensible. Aussi bien est-ce la seconde espèce de représentation que les animaux autres que l'homme ont en partage.

11

Il faut examiner aussi le cas des animaux imparfaits,
c'est-à-dire ceux qui possèdent seulement le sens du 434 a
toucher[114]. Quel est chez eux le principe du mouvement ? Est-il possible ou non qu'ils soient doués d'imagination et d'appétit ? Il apparaît bien, en effet, qu'il y a chez eux plaisir et douleur. Si donc ces états leur appartiennent, il en sera nécessairement de même de l'appétit. — Mais comment seraient-ils doués d'imagination ? Ne faudrait-il pas dire ceci : de même que leurs mouvements sont indéterminés, de même ces fonctions leur appartiennent, mais d'une manière indéterminée ?

L'imagination sensitive, on l'a dit, est dévolue même aux animaux privés de raison, tandis que l'imagination délibérative n'est donnée qu'aux êtres doués de raison.

Car savoir si l'on fera ceci ou cela, c'est déjà l'œuvre du raisonnement; ces êtres doivent nécessairement employer toujours une seule unité de mesure, car ils recherchent leur plus grand intérêt[115]. Ainsi peuvent-ils former une seule image de plusieurs. Et la raison pour laquelle les animaux inférieurs semblent ne pas posséder l'opinion, c'est qu'ils n'ont pas cette sorte d'imagination qui procède du syllogisme, tandis que celle-ci suppose la première[116]. Aussi la faculté délibérative n'est-elle pas impliquée par le désir irrationnel, mais celui-ci l'emporte parfois et entraîne le désir rationnel; en d'autres cas, c'est ce dernier qui prévaut sur l'autre, comme une sphère [entraîne une autre sphère][117]; il arrive enfin qu'un désir irrationnel l'emporte sur un autre désir irrationnel, dans le cas de l'intempérance (par nature, cependant, c'est toujours la puissance supérieure qui possède la primauté et donne le mouvement). De la sorte, trois espèces de mouvements peuvent être imprimées à l'animal.

Quant à la faculté intellectuelle, elle ne meut rien, mais demeure en repos[118]. Or on distingue d'une part le jugement ou la proposition qui porte sur l'universel, d'autre part celui qui concerne le singulier (dans le premier cas on énonce qu'il faut faire telle action; dans le second, que cette action-ci est bien telle et que je suis le sujet qualifié). Dès lors, c'est l'opinion de la seconde espèce qui imprime le mouvement et non pas celle qui porte sur l'universel; ou bien ne serait-ce pas l'une et l'autre, mais l'une demeurant plutôt en repos, l'autre non?

12

Ainsi l'âme nutritive est nécessairement dévolue à tout être vivant, quel qu'il soit, et il possède effectivement cette âme depuis sa génération jusqu'à sa destruc-

tion. Il est nécessaire, en effet, que l'être produit par génération passe par la croissance, la maturité et le dépérissement, tous processus impossibles sans la nutrition. C'est donc une nécessité que la puissance nutritive se retrouve en tous les êtres soumis à la croissance et au dépérissement. — Par contre, la sensation n'est pas nécessairement donnée à tous les vivants : en effet, ceux dont le corps est simple ne peuvent posséder le toucher (sans lequel aucun animal ne peut exister)[119], de même ceux qui sont inaptes à recevoir les formes sans la matière[120]. Mais l'animal possède nécessairement la sensation, puisque la nature ne fait rien en vain. **434 b**
En effet, c'est en vue d'une fin que tout existe dans la nature, ou bien ce sera par la rencontre fortuite de moyens ordonnés à une fin. Si donc tout corps était doué du mouvement de progression mais dépourvu de la sensation, il périrait sans parvenir à sa fin, œuvre propre de la nature (car comment se nourrirait-il ? Seuls les vivants sédentaires disposent, pour se nourrir, du milieu même d'où ils tirent leur origine[121]). D'autre part, il est impossible qu'un corps soit doué d'une âme et d'une intelligence capable de juger, sans posséder la sensation — du moins s'il s'agit d'un être non sédentaire et engendré [et non pas, bien entendu, d'un être inengendré][122]. À quelle fin aurait-il cet intellect ? Ce dernier devrait valoir quelque avantage soit à l'âme, soit au corps. Or, en fait, les deux hypothèses sont exclues : l'âme ne penserait pas davantage, le corps ne serait pas plus parfait pour autant[123]. Ainsi donc aucun corps doué de mouvement ne possède une âme sans être doué de sensation.

Mais si le corps possède la sensation, il doit être nécessairement simple ou composé. Or il ne peut être simple, car alors il serait dépourvu du toucher qui lui est indispensable. En voici la preuve. L'animal est un corps doué d'une âme ; or tout corps est tangible, c'est-à-dire perceptible au toucher : il est donc nécessaire que le corps de l'animal lui aussi possède le tact pour que l'animal assure sa propre conservation. Les autres sens, en effet, s'exercent à travers des milieux extérieurs[124] : tels l'odorat, la vue, l'ouïe. Mais s'il entre en contact avec autre chose, l'animal dépourvu de la sensibilité tactile ne pourra fuir certains objets ni appréhender les autres. Dans ces conditions la conservation de l'animal deviendra impossible. — C'est pourquoi le goût est lui aussi une sorte de toucher : il a pour objet l'aliment, et l'aliment, c'est le corps tangible. Par contre le son, la couleur, l'odeur ne nourrissent ni ne font croître ou dépérir l'animal. Par conséquence nécessaire le goût lui-même est une sorte de toucher, puisqu'il est le sens du tangible nutritif. — Ces deux sens sont donc indispensables à l'animal et, de toute évidence, sans le toucher, l'animal ne pourrait exister.

Les autres sens ne tendent qu'à son mieux-être, et de surcroît, n'importe quel genre d'animaux n'en sera pas nécessairement pourvu, mais certains seulement, tels ceux qui possèdent le mouvement de progression. En effet, pour qu'un animal de ce genre puisse assurer sa propre conservation, il ne lui suffit pas de percevoir par le contact : il lui faut aussi percevoir à distance. Cela sera possible s'il est capable de percevoir à travers un milieu, ce dernier recevant de l'objet sensible une passion et un mouvement que l'animal à son tour reçoit du milieu. Il en est ici comme du mouvement local : le moteur produit alors un changement jusqu'à une certaine limite; l'élément qui exerce une poussée en amène un autre à pousser à son tour, et le mouvement se transmet par intermédiaire; le premier élément moteur exerce la poussée sans en subir aucune, le dernier se borne à la subir sans en exercer, l'intermédiaire enfin la
435 a subit et l'exerce à la fois; enfin les intermédiaires sont nombreux[125]. Ainsi en est-il dans le cas de l'altération,

avec cette réserve que celle-ci laisse le sujet dans le même lieu : par exemple, si l'on enfonce un sceau dans la cire, le mouvement n'affecte la cire que jusqu'au point où le sceau a pénétré. La pierre, par contre, ne serait nullement affectée, mais l'eau peut l'être à une grande distance. Quant à l'air, il est éminemment mobile, actif et passif, pourvu qu'il ne se dérobe pas et reste en une seule masse[126]. Aussi, pour en venir à la réflexion de la lumière, au lieu de supposer que la vision sorte de l'œil et se réfléchisse[127], mieux vaut dire que l'air reçoit une passion de la forme et de la couleur aussi longtemps qu'il demeure en une seule masse. Or sur une surface lisse, il garde son unité. Ainsi peut-il à son tour ébranler la vue — comme si le sceau imprimé dans la cire en traversait la masse jusqu'à la limite opposée.

13

Il est impossible que le corps de l'animal soit simple, c'est une évidence : je veux dire qu'il ne peut être constitué par exemple de feu ou d'air. Sans le toucher, en effet, aucun autre sens ne peut être donné à l'animal : tout corps, animé s'entend, possède la sensibilité tactile, on l'a dit[128]. Or les éléments autres que la terre pourraient sans doute constituer des organes sensoriels : mais si tous ces organes produisent la sensation, leur exercice suppose un intermédiaire extérieur, c'est-à-dire des milieux. Le toucher, au contraire, consiste dans le contact direct des objets — aussi bien est-ce de là qu'il tire son nom. Sans doute les autres organes perçoivent-ils aussi par contact, mais indirectement; le toucher seul semble percevoir par lui-même[129]. Par conséquent, aucun élément de cette sorte ne saurait constituer le corps de l'animal.

Ce corps ne peut non plus être composé de terre. En

effet, entre toutes les qualités tangibles, le toucher représente une sorte de moyenne, et son organe peut recevoir non seulement toutes les déterminations propres à la terre, mais aussi le chaud, le froid, et les autres qualités tangibles sans exception[130]. Si les os, les cheveux, et les parties analogues du corps ne nous procurent aucune sensation, la raison en est qu'elles
435 b sont formées de terre. Les plantes, à leur tour, n'ont aucune sensation pour cette même raison : elles sont formées de terre. Or sans le toucher aucun autre sens ne peut être donné, et l'organe de ce sens n'est constitué exclusivement ni de terre ni d'aucun autre élément.

La chose est donc évidente : le sens du toucher est nécessairement le seul dont la privation entraîne la mort des animaux. En effet il n'est ni possible qu'un être possède ce sens s'il n'est un animal, ni nécessaire pour être un animal d'en posséder un autre que celui-là. Voilà pourquoi les autres qualités sensibles — tels la couleur, le son et l'odeur — ne détruisent pas l'animal par leur intensité excessive, mais seulement ses organes sensoriels (le contraire serait accidentel : par exemple si le son s'accompagne d'une poussée ou d'un choc[131], ou encore si des phénomènes perçus par la vue ou l'odorat déclenchent d'autres phénomènes dont le contact est destructeur). De même pour l'objet sapide : c'est en tant qu'il se trouve être aussi tangible, qu'il est destructeur[132]. Par contre les qualités tangibles trop intenses — chaleur, froid, dureté — suppriment l'animal. En effet toute qualité sensible excessivement intense supprime l'organe : le tangible trop intense détruira donc le toucher par lequel nous avons défini la vie[133] : sans le toucher, on l'a montré, l'animal ne peut exister. C'est pourquoi les qualités tangibles trop intenses détruisent non seulement l'organe sensoriel, mais aussi l'animal lui-même, puisque le toucher est le seul sens qui appartienne nécessairement aux animaux.

Quant aux autres sens, ils sont dévolus à l'animal, avons-nous dit, non pour lui permettre d'exister absolument, mais pour son bien-être. Telle la vue : puisque l'animal vit dans l'air, dans l'eau, ou en général dans le diaphane, il la possède pour voir. Le goût est donné en raison de l'agréable et du désagréable, afin que l'animal perçoive ces qualités dans l'aliment, puis désire, enfin se meuve. L'ouïe a pour fonction la perception de certains signes, et la langue, la communication par signes avec autrui.

NOTES

LIVRE I

Page 9.

1. Joint à καλός notamment, τίμις qualifie une chose qui vaut non pas comme moyen mais comme bonne par soi et fin en soi. — Voir H. Bonitz, *Index aristotelicus*, s. v. — Sur la hiérarchie des sciences, voir *Métaphysique*, I (A), 2, 982 a 4 sq.; VI (E), 1, 1025 b 3 sq.
2. Cf. *infra*, II, 4, 415 b 8 sq.
3. Il s'agit des accidents propres ou propriétés, l'accident proprement dit n'étant pas objet de science (*Métaphysique*, V (Δ), 80, 1025 a, 14 sq.).

Page 10.

4. L'idée d'une méthode unique et universelle, chère au cartésianisme, est contraire à la pensée aristotélicienne; toute méthode est spécifiée par son objet : cf. *Seconds analytiques*, II, 3-7, 90a 35-92b 38.
5. En d'autres termes : les différentes âmes représentent-elles ou non autant d'espèces coordonnées à l'intérieur d'un genre unique? Dans la négative, ou bien ces espèces n'ont rien de commun entre elles — et l'animal en général n'est qu'un mot; ou bien elles constituent une hiérarchie de termes subordonnés, où le supérieur inclut l'inférieur pour le dépasser et lui est, de ce fait, postérieur, ainsi que tout attribut commun aux termes de la série. Cf. *infra*, II, 3.

Page 11.

6. En *Métaphysique*, V (Δ), 10, 1018a 20 sq., Aristote énumère les différentes espèces d'opposés (ἀντικείμενα), parmi lesquels il range les relatifs (τὰ πρός τι). Ici et en II, 4, 415a 20, l'auteur appelle ἀντικίμενα les objets à connaître, corrélatifs des actes et des facultés de connaissance.
7. Cf. *Seconds analytiques*, II, 3, 90 b 23 sq.

Page 12.

8. C'est-à-dire considérée abstraitement et en soi.

Page 13.

9. Cf. *Physique*, II, 2, 193 b 22 sq.; *Métaphysique*, XIII (M), 3, 1077 b 17 sq.

10. *Supra*, 403 a.

11. ... qui, elles, sont séparables mentalement de la matière.

Page 14.

12. Dans la langue de Démocrite, ῥυσμός = σχῆμα.

Page 15.

13. Sur la théorie de la respiration chez Démocrite, voir Aristote, *De la respiration*, 4, 471 b 30 sq.

14. Cf. *Métaphysique*, IV (Γ), 5, 1009 b 28 sq. — Le texte de l'*Iliade*, XXIII, 698 ne s'applique d'ailleurs pas à Hector. Aristote prête abusivement à Démocrite l'affirmation que la raison égarée du héros blessé vaut celle d'un homme sain.

Page 16.

15. Diels-Kranz, *Vorsokr.*, 31 [21] B 109.

16. Pour tout ce passage, voir *Timée*, 35 a sq.; 45 b sq.

17. S'agirait-il des leçons de Platon recueillies par ses disciples ou d'opinions de l'école platonicienne? — Cf. *Physique*, IV, 2, 209 b 14-15.

Page 19.

18. Il s'agit d'Anaxagore : 405 b 19.

19. Chaque penseur invoquerait une étymologie à l'appui de sa théorie : les uns rapprochent ζῆν, vivre, de ζεᾶν, bouillir; les autres apparentent ψυχή, âme, et ψυχρός, froid.

Page 20.

20. *Physique*, VIII, 5 : le premier moteur est immobile.

Page 21.

21. Le mouvement forcé contrarie le mouvement naturel : il le suppose donc. Cf. *Physique*, IV, 8, 215 a 1 sq.; *De la génération et de la corruption*, II, 6, 333 b 26 sq.

22. Cf. *Du sommeil et de la veille*, 454 a 7-11. Aristote estime que la sensation n'est le propre ni du corps ni de l'âme pris séparément, mais du composé, et que la sensation, comme acte, est un mouvement de l'âme par l'intermédiaire du corps.

Page 22.

23. Si l'essence de l'âme est mouvement, celle-ci sera constamment abolie, ce qui est absurde. Argument valable contre la théorie d'Héraclite (cf. *supra* 405 a 25 sq.) et contre tout mobilisme qui place l'essence des êtres dans le mouvement.

24. Philippe, fils d'Aristophane. Le κωμῳδοδάσκλος est à la fois auteur et metteur en scène.

25. Aristote rapproche la théorie platonicienne du mécanisme de Démocrite. La psychologie du *Timée* 34 a sq. est entendue par Aristote avec un littéralisme outrancier.

26. Savoir : l'unité de la première circonférence.

27. Première objection : l'âme conçue comme grandeur présente une unité continue; l'intellect, par contre, identifié dans son acte à ses concepts, offre une unité discrète, comme le nombre.

28. Créées postérieurement à l'âme du monde, l'âme sensitive et l'âme appétitive ne sont pas douées du mouvement circulaire, mais se portent en droite ligne vers leurs objets.

Page 23.

29. Deuxième objection : la pensée est incompatible avec l'étendue.

30. Troisième objection : si l'intellection est un mouvement circulaire, elle est par là même éternelle et doit avoir un objet éternel.

Page 24

31. Quatrième objection.

32. Cinquième objection : l'intellection est un acte et non un mouvement : cf. *Physique*, VII, 3, 247 b 9-11.

33. Cf. *supra*, 406 b 13-14. Platon, *Timée*, 34 b, attribue à l'âme du monde le bonheur parfait.

34. Sixième objection. Aristote fait probablement allusion à Platon, v. g. *Phédon*, 66 b-67 b.

35. Septième objection.

36. Cf. I, 3, 406 a 12 sq.

37. Sans doute *Physique*, VIII, ou le traité *Du ciel*, I.

Page 25.

38. Cf. *De la génération et de la corruption*, I, 7, 323 b 30.

39. Cf. saint Augustin, *De l'immortalité de l'âme*, II et X.

Page 26.

40. À la différence des notions mathématiques dépourvues de mouvement et de position dans le lieu, certaines choses présentent une symétrie ou une harmonie de consécution que l'intrusion d'un élément de même espèce rompt nécessairement : entre des lignes ou des maisons régulièrement espacées une autre ligne ou une autre maison romprait l'harmonie; cf. *Physique*, V, 3, 226 b 34 sq.

41. En ce second sens, l'harmonie s'appliquerait aux corps homéomères — chair, os... — constitués des quatre éléments simples combinés selon telle ou telle proportion. Une synthèse de corps homéomères produit les anhoméomères, « touts » organiques complexes : visage, main, pied, etc. Cf. *Météorologiques*, IV, 10, 388 a sq.

Page 28.

42. Pour aboutir à l'âme.
43. Cf. *supra* I, 2, 404 b 27 sq. — Aristote va critiquer la théorie de Xénocrate.

Page 29.

44. Cf. *Physique*, VI, 10, 240 b 8 sq.; 241 a 6 : une chose sans parties ne peut être mue que par accident : première objection
45. Deuxième objection.
46. Troisième objection.
47. Aristote assimile ici les unités qui constituent le nombre de l'âme aux atomes de Démocrite réduits à des points, pour montrer les insuffisances de la conception adverse : quatrième objection.
48. Rien ne pourrait donc différencier unités motrices et unités mues.
49. À tel point du corps et au même lieu correspondrait tel point de l'âme, ce qui est inadmissible : cinquième objection.
50. Dans l'hypothèse considérée, toutes les unités de l'âme pourraient être concentrées en un point du corps qui seul serait animé.

Page 30.

51. Les points n'étant que les limites de la ligne ne sauraient être détachés d'elle : si l'âme était la somme des points du corps, la séparation des deux principes à la mort et la survie de l'âme (soutenue par Xénocrate) seraient impossibles.
52. Aristote résume ici la critique développée au chapitre précédent.

Page 31.

53. I, 1, 402 b 25 sq.
54. Après Rodier, nous estimons que πῶς interroge sur la valeur de l'opinion en cause et non pas sur sa teneur déjà exposée : I, 2, 404 b 8 sq.; cf. I, 2, 403 b 23-24.
55. Première objection.
56. Diels-Kranz, *Vorsokr.*, I, 31 [21] B 96. Nestis est la personnification divine de l'eau.

Page 32.

57. Deuxième objection.
58. Troisième objection.
59. Le participe aoriste λεχθέν renvoie à ce qui précède et en même temps prépare la suite de l'exposé.

Page 33.

60. Si donc l'âme est composée des éléments, on ne saurait concevoir un principe unificateur supérieur à ceux-ci.

Page 34.

61. La valeur de l'argument est discutable : la connaissance d'un terme entraîne celle de sa négation (blanc, non-blanc) mais non pas celle de son contraire.

Page 35.

62. Allusion à Platon, *République*, 436-444 et *Timée*, 69 c.

Page 36.

63. Non pas spécifiquement, on l'a montré, mais numériquement.

Page 37.

64. La relation entre les différentes âmes est celle de l'antérieur et du postérieur, une subordination et non une coordination : doctrine développée *infra*, II, 3, 414 a 29 sq.

LIVRE II

Page 39.

1. Cf. *Métaphysique*, V (Δ), 8, 1017 b 10 sq.; XII (Λ), 1, 1069 a 18 sq.
2. Le premier degré de l'entéléchie comporte encore une part de potentialité, comme la science possédée mais non exercée *hic et nunc*; le second degré correspond au savoir actuel (θεωρεῖν). Cf. *infra*, 21 sq.; III, 4, 429 b 5-9.

Page 41.

3. Action de trancher, vision, veille : entéléchie du second degré; faculté de voir, tranchant, âme : entéléchie du premier degré encore grevée de puissance. Cf. *infra*, II, 5, 417 a 21-417 b 2.
4. Réserve qui prépare la théorie de l'intellect « séparé »; *infra*, III, 4.

Page 42.

5. Le contexte montre bien que φυόμενα en 413 b 25 et 33 est employé comme synonyme de φυτά. Par contre, en III, 12, 434 a 26, φυόμενα retrouve son sens originel.

Page 44.

6. Allusion à Platon, *Timée*, 69 d.
7. Cf. I, 1, 402 b 11-16; II, 4, 415 a 16-22.

8. *Infra*, III, 11-13; mais la question est déjà sérieusement abordée en II, 3, 414 a 29 sq.

Page 45.

9. Πρώτως doit être ici référé à διχῶς, *supra* l. 4. L'âme est principe de la vie au sens premier et radical. Cf. l'emploi de πρώτως en 413 b 2; de πρώτη en 412 a 27 et 412 b 5.

10. Allusion à l'école pythagoricienne; cf. I, 3, 407 b 13-26.

Page 46.

11. *Infra*, II, 10.

12. La tournure partitive contraint d'entendre ζῷον des vivants, végétaux inclus, puisque tous les animaux possèdent le toucher.

13. *Infra*, III, 11.

14. Réponse à la question posée en I, 1, 402 b 5-8.

Page 47.

15. Cf. *supra*, I, 1, 402 b 5-9; 5, 411 b 27-30; *infra*, III, 11-13.

16. Entendez : à l'exclusion de toute faculté supérieure.

17. *Infra*, III, 4-5; noter ici la réserve en faveur de l'intellect.

18. Après avoir traité de l'âme en général (κοινότατος λόγος, 412 a 5-6), Aristote va traiter maintenant de chaque faculté : méthode la plus appropriée (οἰκειότατος λόγος), puisque chacune des facultés principales définit un type d'âme particulier.

Page 48.

19. Sur les divers sens de τέλειος, voir *Métaphysique*, V (Δ), 16, 1021 b 12 sq. Les πηρώματα sont les êtres mutilés ou atrophiés. Sur la génération spontanée, voir *Histoire des animaux*, V, 1, 589 a 15 sq.

Page 49.

20. Cf. *De la génération et de la corruption*, II, 10, 336 b 25 sq.; *De la génération des animaux*, II, 1, 731 b 23-782 a 1, et Platon, *Banquet*, 206 e-208 d.

21. Donc l'âme est forme puisqu'on l'a définie comme l'entéléchie..., II, 1, 412 a 27.

Page 50.

22. Le tort d'Empédocle est de substituer à l'explication vitaliste, qui attribue la croissance à l'âme, une explication mécaniste par le seul mouvement des éléments constitutifs des plantes : terre et feu. Il s'ensuit que chez les vivants le haut et le bas sont définis, comme dans l'univers, par la position et non par la fonction. Cf. *De la marche des animaux*, 4, 705 a 29-705 b 8. — *De la jeunesse et de la vieillesse*, 1, 468 a 1-12. — *Histoire des animaux*, II, 1, 500 b 28-30.

23. Selon Simplicius, *In physicam*, 23, 33 sq., il s'agirait d'Héraclite.

Page 51.

24. Allusion à la transmutation des éléments : cf. *Du ciel*, IV, 5, 312 a 32; *De la génération et de la corruption*, II, 4, 331 a 7 sq.
25. Empédocle et Démocrite. Voir *ibid.*, I, 7, 323 b 1 sq.
26. *De la génération et de la corruption*, I, 5, 321 b 35 sq.

Page 52.

27. Considéré dans son rapport au corps vivant mesurable, l'aliment est facteur d'accroissement quantitatif; rapporté à tel vivant concret, il assure son identité individuelle et formelle. Voir *De la génération et de la corruption*, I, 5, 322 a 16 sq.
28. Aristote considère la semence comme un surplus de la nutrition : *De la génération des animaux*, II, 3, 736 b 26-27.
29. Tel qu'il est, c'est-à-dire dans son identité individuelle et substantielle : cf. *supra*, 416 b 13.
30. Allusion soit à *De la génération des animaux*, soit à un traité *De l'accroissement et de la nourriture* (*De la génération des animaux*, V, 4, 784 b 2-3) peut-être demeuré en projet ou perdu.

Page 53.

31. *Supra*, II, 4, 415 b 24.
32. *De la génération et de la corruption*, I, 7, 323 b 18-324 a 3 : l'agent et le patient doivent être semblables par le genre et dissemblables par l'espèce.
33. *Physique*, III, 2, 201 b 31-33. — *Métaphysique*, IX (Θ), 6, 1048 b 28-36.

Page 54.

34. *Supra*, II, 4, 416 a 29-416 b 9.
35. Cf. II, 5, 418 a 4-6.
36. La nature humaine est ici considérée comme le genre et la matière dont l'individu est une détermination.
37. C'est-à-dire de l'ignorance à la connaissance.
38. Avec Hicks, on peut sous-entendre ἐπιστῆμον auprès de γίνεται.

Page 55.

39. Le passage de la science simplement possédée (ἕξις) à son exercice actuel diffère du passage antérieur de l'ignorance à la science.
40. Allusion probable au livre III, 4.

Page 56.

41. *Supra*, II, 5, 417 a 12-21.
42. Selon la méthode définie : II, 4, 415 a 16-22.
43. Cela revient à dire que l'erreur ne se situe pas au niveau de la sensation mais à celui de la perception.

Page 57.

44. Distinction des perceptions naturelles et des perceptions acquises. Cf. *infra*, III, 1-2. — *De la sensation et des sensibles*, 4, 442 a 29 sq. — *Métaphysique*, IV (T), 5, 1010 b 14 sq.

45. Cette seconde espèce d'objet visible est la phosphorescence : voir *infra*, 419 a 2 sq. — Compléter ce chapitre par *De la sensation et des sensibles*, 2-3.

46. Cette « nature » qu'on pourrait appeler avec Alexandre « diaphanéité » est inégalement répartie entre les corps : *De la sensation et des sensibles*, 3, 439 a 18 sq. — Le corps éternel et céleste est l'éther, doué du mouvement circulaire : *Du ciel*, I, 3, 270 b 20. — *Météorologiques*, I, 3, 339 b 25. — Cf. *Du monde*, 2, 392 a 5 sq.

Page 58.

47. C'est-à-dire de la détermination due à la présence du feu.

48. Selon Aristote, à l'encontre d'Empédocle, la lumière n'est pas un mouvement réalisé dans la durée : elle apparaît instantanément; cf. *De la sensation et des sensibles*, 6, 446 a 25-447 a 11. – Voir aussi *De la génération et de la corruption*, I, 8, 324 b 25 sq.

Page 59.

49. Nom commun à plusieurs espèces de champignons.

50. Voir *infra*, 419 a 23 sq.

51. Il faut donc, pour que la couleur mette en mouvement le diaphane, que celui-ci ait été préalablement actualisé par la lumière.

Page 60.

52. *Infra*, II, 10-11.

53. *Infra*, II, 9.

54. Ce qui entraîne la nécessité d'un milieu. Ainsi se trouve prouvée la nécessité des trois éléments énumérés en 419 b 9-10.

55. *Supra*, 419 b 6-8.

Page 61.

56. L'air intermédiaire entre le corps frappant et le corps frappé est alors saisi tout d'une pièce : *infra*, 419 b 20 sq.

57. L'écho est donc produit par le heurt de deux couches d'air.

58. Aristote, qui n'admet pas l'existence du vide, reconnaît à l'opinion courante le mérite d'attribuer à l'air son rôle exact.

Page 62.

59. Il s'agit de l'air contigu à la membrane auditive.

60. Cf. *supra*, 419 b 33 sq.

Page 63.

61. *Supra*, 419 b 13 sq.
62. Allusion à Platon, *Timée*, 67 b, ou aux doctrines pythagoriciennes. Aristote apporte ensuite une correction fondamentale. Cf. *De la génération des animaux*, V, 7, 786 b 23-787 a 28.
63. Ces qualités sonores et tactiles sont en soi irréductibles aux modalités du mouvement qu'elles déterminent, sans être déterminées par elles.

Page 64.

64. L'Acheloüs (aujourd'hui Aspropotamo) sépare l'Étoile (à l'est) de l'Acarnanie (à l'ouest). Sur la « voix » des poissons, cf. le développement de l'*Histoire des animaux*, IV, 9, 535 b 14-536 a 4.
65. Cf. *supra*, 419 b 9-10.
66. *De la respiration*, 8, 474 a 25 sq.; 16, 478 a 28 sq.
67. Chez Aristote, φάρυγζ désigne notre « larynx », partie supérieure de la trachée-artère; Galien, le premier, l'a distingué du « pharynx », partie supérieure de l'œsophage. Cf. *Histoire des animaux*, IV, 9, 535 a 27 sq.
68. *Supra*, 420 b 13-14.

Page 65.

69. Voir *De la sensation et des sensibles*, 5, 442 b 27-445 b 2, exposé plus développé que celui-ci.
70. Les animaux aux yeux durs n'ont pas de paupières : *Les parties des animaux*, II, 13, 657 b 19 sq.

Page 66.

71. Voir *infra*, II, 10, 422 a 20 sq.

Page 67.

72. En somme faut-il limiter la différenciation au *processus* de l'olfaction, le sens restant le même d'une espèce à l'autre, ou admettre un sens radicalement nouveau? — Cf. *De la sensation et des sensibles*, 5, 444 b 13 sq.
73. Toute faculté est spécifiée par son objet : II, 4, 415 a 20-22.
74. C'est-à-dire dans l'eau.
75. Le sens est en puissance ce que l'objet sec est en acte.
76. À la différence de la vue, de l'ouïe, de l'odorat qui s'exercent à travers des milieux extérieurs au sujet (le diaphane, l'air, l'eau), le toucher et le goût, qui en est une espèce, s'exercent à travers un milieu intérieur au sujet : la chair; voir II, 11; *De la sensation et des sensibles*, 4, 440 b 26 sq.

Page 68.

77. Les substances salées favorisent la salivation.

78. Cf. III, 4, 429 a 31-429 b 2.

79. Est invisible absolument ce qui, de soi, est étranger à la visibilité : telle la voix; cette sorte d'invisible échappe donc au sens de la vue. L'invisible au deuxième sens n'est tel qu'en raison de circonstances extérieures : c'est une *privation* (στέρησις) dont la vue est juge. L. 28, après πεφυκόψς on peut sous-entendre ἔχειν; cf. *Métaphysique*, V (Δ), 22, 1022 b 22 sq.

80. Cf. *ibid.*, V (Δ), 22, 1022 b 33-1023 a 2.

Page 69.

81. C'est-à-dire l'humidité propre à la langue elle-même.

82. Cf. II, 9, 422 a 6-7.

Page 70.

83. À savoir la chair.

84. Qui provoquent les sensations.

Page 71.

85. Par opposition aux autres milieux séparés du corps. Sur la composition du corps vivant, voir III, 13.

86. La chair n'est que le « milieu » du toucher dont l'organe propre, identique à celui du sens commun, est le cœur. Cf. *De la sensation et des sensibles*, 2, 439 a 1-2. — *Du sommeil et de la veille*, 2, 455 a 22-24. — *Les parties des animaux*, II, 10, 656 a 27-31; cf. 656 b 35-36.

87. Le mouillé, étant une qualité, relève de l'accident et, comme tel, requiert un sujet.

Page 72.

88. Ainsi, malgré l'opinion courante, le contact n'est jamais immédiat entre la chair et l'objet tangible. Bien plus — Aristote va maintenant le prouver —, la chair elle-même n'est pas l'organe du tact, mais le milieu à travers lequel celui-ci s'exerce.

89. Le toucher est donc un sens complexe et non pas simple : réponse à la question posée au début du chapitre.

Page 73.

90. Le traité *De la génération et de la corruption*, II, 2-3.

91. L'organe interne par opposition à la chair.

92. En lésant le sens, un corps tel que le feu rend impossible la sensation.

Page 74.

93. C'est-à-dire le cœur.

94. C'est-à-dire l'ébranlement, l'excitation.

95. Sans doute l'organe qui posséderait des qualités tangibles moyennes; cf. II, 11, 424 a 4-5.

96. Entendez : sans la matière.

Page 75.

97. Il est de fait que le rugueux, l'acide, etc. peuvent altérer les corps bruts.

98. Si la sensation suppose une certaine passion, elle ne s'y réduit pas et constitue un phénomène d'activité. L'excitation, dirions-nous, doit déclencher la spontanéité vitale pour qu'il y ait sensation. Aussi l'air pâtit sans percevoir.

LIVRE III

Page 77.

1. Le raisonnement est le suivant : les cinq sens suffisent à nous faire connaître tous les sensibles. En effet, ceux-ci agissent sur nous, soit directement par un milieu conjoint (la chair pour les tangibles : *supra*, II, 11), soit à travers certains milieux extérieurs au sujet (l'air et l'eau pour les qualités visuelles, auditives, olfactives). Or agent et patient devant être semblables par le genre (cf. *supra*, II, 5, 417 a 1), la constitution et, par suite, le nombre des organes sensoriels seront déterminés par les corps simples qui composent les milieux perceptifs. En fait, cette correspondance entre milieux et organes se trouve réalisée dans les cinq sens. Ceux-ci sont donc les seuls possibles.

2. Sous-entendu : et il en est de même des autres sens.

Page 78.

3. Confirmation de la thèse : un sixième sens ne saurait avoir pour objets les sensibles communs.

4. C'est-à-dire par l'ébranlement du sens ou excitation; si donc les sensibles communs exercent une action propre sur chacun des cinq sens, ils se font connaître par « soi » et non « par accident ».

5. Si les sensibles communs étaient l'objet propre d'un sixième sens, les cinq autres ne les percevraient que par accident, comme dans les perceptions acquises. *A fortiori* les sensibles communs ne sauraient-ils être perçus par accident à la manière, plus fortuite encore, dont une détermination non sensible (fils de Cléon) est liée au blanc. Ils agissent proprement sur chacun des cinq sens et sont perçus au même titre (l. 24-30).

Page 79.

6. La première fonction du sens commun est ainsi d'unifier les perceptions des sens spéciaux.

7. Entendez : plusieurs sens qui perçoivent les sensibles communs.

8. Entendez : la couleur dont le blanc n'est qu'un exemple.

9. Les variations des données sensorielles permettent de distinguer les sensibles communs.

Page 80.

10. La première hypothèse est irrecevable, car la vue en acte de voir s'identifie au visible en acte (cf. *infra*, 425 b 26-27) ; on ne peut donc séparer « vue de la vue » et « vue du visible ». Reste que la vue en acte se voie elle-même, c'est-à-dire soit consciente par soi.

11. De toute manière, perception de la vue en acte de voir et perception du visible devront être réunies en un même sens : inutile par conséquent de différer la solution en multipliant les intermédiaires.

12. Ce qui est impossible : cf. *supra*, II, 7, 418 b 26-29.

13. Entendez : voir n'est pas nécessairement voir une couleur; on voit aussi, mais autrement, quand on distingue l'obscurité de la lumière. Pourtant la vision est, en un sens, colorée (l. 22-25).

14. Cf. *De la mémoire et de la réminiscence*, 1, 450 a 25 sq.; *Des rêves*, 2, 459 a 24 sq.

15. Cf. *supra*, II, 12, 424 a 17-26.

16. Réponse à la question posée en 425 b 17 : puisque le sensible en acte et le sens en acte s'identifient concrètement, la connaissance du sensible en acte est simultanément connaissance du sens en acte et toutes deux relèvent de la même puissance; voir, c'est sentir qu'on voit. Cf. *Éthique à Nicomaque*, IX, 9, 1170 a 29-33.

17. Le mouvement est l'acte du moteur dans le mobile : cf. *Physique*, III, 3, 202 a 13-202 b 29.

18. Dans le cas de la sensation, mouvement, action et passion ne sont pas à entendre au sens propre et « mécanique » : cf. *supra*, II, 5, 417 b 2 sq. Le sensible est moteur au titre de fin : il éveille la spontanéité du sens et trouve son acte en celui-ci; aussi est-il immobile.

Page 81.

19. Puissance et acte.

20. Aristote estime que si le sensible ne trouve son acte de « moteur » que dans la sensibilité, il existe cependant à la fois comme objet et comme sensible en puissance, indépendamment du sens. Le sensible jouit d'une certaine antériorité par rapport au sens : *Catégories*, 7, 7 b 36 sq. *Métaphysique*, IV (Γ), 5, 1010 b 30-1011 a 2.

21. Entendez : identiques selon l'acte, elles diffèrent selon la puissance.

Page 82.

22. Cf. *supra*, II, 11, 424 a 2 sq.

23. Entendez : réalise mieux une harmonie que le chaud ou le froid absolus.

24. Or le visible et le sonore, v. g., ne sont pas saisis par contact.

25. L'auteur laisse pressentir le rôle médiateur du sens commun entre la sensibilité et la pensée.

26. Juger d'une différence entre deux sensibles suppose la connaissance simultanée des sensibles différents.

Page 83.

27. L'instant où est énoncée par le sens commun la différence entre deux sensibles coïncide avec l'instant où ils sont sensibles en acte et perçus comme tels.

28. Pour que le sens commun puisse percevoir simultanément des sensibles contraires, ne peut-on admettre qu'il soit concrètement un et multiple dans son essence ? Il serait alors divisé en tant qu'il s'exerce par les cinq sens et indivis en tant que sens *commun*. (Cf. *De la sensation et des sensibles*, 7, 449 a 8-20). L'hypothèse est ensuite écartée.

29. Dans la puissance, de soi multiple, l'acte opère une sélection, donc une division.

Page 84.

30. Le point est à la fois un en soi et double, si on le considère comme terme d'un segment de droite et commencement d'un autre. De même le sens commun juge indivisément les deux sensibles; mais aussi, en jugeant leur opposition mutuelle, donc leur « limite », il présente une certaine dualité; cf. *De la sensation et des sensibles*, 7, 449 a 5.

31. Diels-Kranz, *Vorsokr.*, I, 31 [21] B 106.

32. *Ibid.*, 108.

33. Homère, *Odyssée*, XVIII, 136 sq.

34. *Supra*, I, 2; 5, 409 b 26 sq.

Page 85.

35. Certains animaux sont capables d'agir avec discernement. En tout ce chapitre la terminologie des fonctions de connaissance est mouvante. C'est par le jeu des oppositions et des rapprochements que le sens de chaque terme peut être déterminé. Cf. *Éthique à Nicomaque*, VI, 3-7.

36. Cf. Cicéron, *De l'orateur*, II, 86-87. — Quintilien, *Institution Oratoire*, XI, 2.

37. C'est-à-dire que nous demeurons à peu près impassibles.

38. Peut-être *Éthique à Nicomaque*, VI, 3 et 5.

39. Au sens large, la φαντασία désigne toute faculté de connaissance.

Page 86.

40. Aristote va distinguer l'imagination de ces autres facultés de connaissance.

41. Entendez : à toutes les espèces du genre animal.

Page 87.

42. Aristote critique ici la doctrine de Platon : *Timée*, 52 a; *Philèbe*, 38 b-39 e; *Sophiste*, 263 e-264 b.

43. L'identité d'objet entre sensation et imagination serait nécessaire.

44. Sensation et opinion.

45. Cf. *Physique*, VIII, 5, 256 a 4 sq.

46. Cf. *ibid.*, VIII, 3, 254 a 29.
47. Il y a toujours identité spécifique entre la cause et l'effet.
48. Entendez : l'imagination.

Page 88.

49. C'est-à-dire des objets eux-mêmes.
50. L'imagination est spécifiée par la sensation qui lui donne naissance.

Page 89.

51. Aristote soulève la question de l'existence indépendante de l'intellect. La séparation selon l'étendue est réelle et physique, par opposition à une simple distinction de raison. Cf. III, 2, 427 a 4-5; 4, 429 a 12; 9, 432 a 20; 10, 433 b 24-25. — Pour tout ce chapitre, nous nous permettons de renvoyer le lecteur à notre *Théorie aristotélicienne de l'intellect d'après Théophraste*, p. 88-151.
52. Cf. *supra*, II, 5.
53. Cf. *infra*, III, 8, 431 b 21-432 a 3.
54. Diels-Kranz, *Vorsokr.*, II, 59 [46] B 12. Cf. *supra*, III, 2, 427 a 7 sq.
55. Allusion au platonisme.

Page 90.

56. Les notions de « passion », « d'altération », empruntées à la physique devaient déjà subir une épuration pour être appliquées à la sensation (II, 5, 417 b 2-16); une nouvelle correction s'impose si on veut les transférer dans l'ordre de l'intellect.
57. Il s'agit de l'intellect *in habitu* qui s'est identifié, par l'exercice, aux objets intelligibles. Cette science acquise représente le plus haut degré de la puissance et peut être actualisée à volonté; alors, en pensant l'intelligible, l'intellect se pense lui-même, puisque l'intellection est leur acte commun.
58. Allusion aux formes dégagées de la matière.
59. Tout principe cognitif, tout mode de connaissance est spécifié par son objet.
60. Cf. *supra*, I, 4, 408 a 14-15; II, 11, 423 a 13-15.
61. La faculté intellectuelle peut connaître une essence formelle engagée dans la matière ou en pleine indépendance du sens ou en liaison avec lui. En ce dernier cas, le mouvement de l'intellect se porte d'abord sur le donné sensoriel, puis se tourne vers l'essence devenue intelligible; il peut alors appréhender directement celle-ci : d'où la comparaison avec la ligne brisée, puis redressée. Cf. M. De Corte, *La doctrine de l'intelligence chez Aristote*, p. 276-285.

Page 91.

62. Les abstractions mathématiques sont tributaires d'une matière intelligible : l'étendue. Tandis que la ligne concrète est saisie par le sens, son essence ne se livre qu'à l'intellect; celui-ci saisit son objet ou dans le donné sensoriel ou directement et en lui-même : cf. III, 7, 431 b 12-16.

63. Cf. *supra*, I, 2, 405 b 19-23; III, 4, 429 a 15-21.

64. Cf. *De la génération et de la corruption*, I, 7, 323 b 24-324 a 9.

65. Si l'intellect est l'intelligible à raison de son essence, les intelligibles seront eux-mêmes intellects.

66. Mais alors l'intellect ne sera plus « sans mélange ».

67. Cf. *supra*, II, 5, 417 b 2-16.

68. L'identité potentielle de l'intellect avec toutes choses est l'élément commun qui rend possible la passion.

69. L'intelligible en puissance et l'intellect en puissance s'identifient dans l'intellection qui est leur acte commun.

Page 92.

70. Aristote distingue ici deux principes de l'intellection : l'intellect en puissance et un intellect qui, semble-t-il, actualise les intelligibles en puissance. Cf. notre *Théorie aristotélicienne...*, chap. IV.

71. C'est-à-dire indépendant de tout ce qui n'est pas intellect.

72. Cf. *supra*, 430 a 5-6. L'intellect « qui fait toutes choses » pense sans discontinuer, puisqu'il est « acte par essence » (*supra*, l. 18).

73. Il semble s'agir d'une séparation qui, à un moment donné de l'existence humaine — la mort sans doute —, rend cet intellect à la pureté de son essence.

74. On peut supposer que l'intellect passif n'est autre que l'intellect potentiel, « impassible » en face des intelligibles, mais passif par rapport à l'intellect « qui fait toutes choses » et qui fournit au premier ses objets : les intelligibles en acte; cf. *supra*, l. 18-19. — Ce chapitre a donné lieu à de célèbres discussions entre les écoles. Tandis qu'Alexandre d'Aphrodise identifie l'intellect « actif » au Premier Moteur, Averroès le conçoit comme une substance séparée, mais inférieure à Dieu; dans les deux cas, un intellect transcendant penserait en nous et l'immortalité personnelle de l'homme serait exclue. Au contraire, Themistius, s. Thomas, etc. placent cet intellect dans l'âme humaine; ce dernier attribue même au Stagirite la doctrine de l'immortalité de l'âme humaine, forme du corps.

Page 93.

75. Diels-Kranz, *Vorsokr.*, I, 31 [21] B 57.

76. Sans doute faut-il sous-entendre après ἐσομένων : νόησις ᾗ.

77. Ainsi la simple appréhension de l'intelligible est infaillible. C'est avec le jugement, division et synthèse de concepts, qu'apparaît la vérité ou l'erreur.

78. Les grandeurs continues, telle la longueur, de soi divisibles à l'infini, sont indivisibles par accident : car l'acte de l'intellect qui les saisit et l'instant où il les saisit sont indivisibles en acte, tout en étant divisibles en puissance.

79. Réponse à l'aporie, peut-être d'origine mégarique : comment pourrait-on penser un continu divisible à l'infini en un temps indivisible ? — En fait, dit Aristote, le continu n'est infini qu'en puissance, et il en va de même pour le temps. Cf. *Physique*, VIII, 8, 263 a 4-263 b 9.

Page 94.

80. Il s'agit des formes spécifiques dont l'unité n'admet pas la division.
81. Divisibles par accident, en raison de la durée de l'intellection, et non en puissance, moins encore en acte.
82. Dans les continus comme dans les formes réside un principe d'unité : l'idée, qui n'est pas séparée comme le voulait Platon.
83. N'ayant pas de contraire, le Premier Moteur ne peut connaître que soi, est incapable de changer et donc sans matière; cf. *Métaphysique*, XII (Λ), 10, 1075 b 20 sq.

Page 95.

84. Cf. *supra*, III, 5, 430 a 19-21.
85. Cf. II, 5, 417 b 2 sq. L'objet sensible éveille la spontanéité du sens, le provoque à agir.
86. Cf. II, 11, 424 a 4 sq.
87. Les images, conditions de la pensée, doivent présenter une certaine unité (cf. *supra*, III, 6, 430 b 6-20); cette unité est réalisée par le sens commun, terme auquel aboutissent les diverses sensations : unique par le nombre, il est multiple par la notion.
88. *Supra*, III, 2, 426 b 8 sq.

Page 96.

89. *Ibid.*, 427 a 9 sq.
90. C'est-à-dire : soit comme relevant d'un même genre, soit comme contraires.
91. Aristote montre que des qualités sensibles, soit différentes par le genre, soit contraires, peuvent aussi bien coexister dans le sens commun (I. 27-28 : ἐνί εἴη ὑπάρχοντα) : celui-ci demeure un en soi, mais devient multiple par la notion en s'identifiant aux termes du rapport.
92. Il s'agit toujours de l'intellect pratique.
93. Torche en mouvement : signal conventionnel de l'approche de l'ennemi.
94. À la différence de l'intellect pratique, l'intellect théorique peut penser des réalités séparées de la matière. Cf. *supra*, III, 4, 429 b 10-22.

Page 97.

95. Ce problème capital d'une proportion ontologique entre le principe cognitif et ses objets, ne semble pas avoir été traité par l'auteur.
96. Cf. *Les parties des animaux*, IV, 10, 687 a 6 sq., notamment I. 21.

Page 98.

97. Retournement de la conception platonicienne : l'intelligible n'et pas transcendant au sensible : il lui est immanent.
98. Avec Ross faut-il entendre par « concepts premiers » les concepts les moins abstraits, tout proches encore des images?

99. Allusion au platonisme. Cf. Platon, *Phèdre*, 246 a sq.; 253 c sq. — *République*, IV, 436 a sq.; 439 a sq.; IX, 580 d sq. — *Timée*, 69 c sq.

Page 99.

100. Cette nouvelle distinction, qui se retrouve chez Platon, était devenue un lieu commun (cf. Aristote, *Grande morale*, I, 1, 1182 a 23-26).

101. Cf. *supra*, II, 3, 414 b 2; l'ὄρεξις, comprend l'ἐπιθυμία, le θυμός, la βούλησις.

102. Cf. *De la respiration, Du sommeil et de la veille, passim*.

Page 100.

103. Cf. *supra*, II, 4, 415 a 26 sq.

104. Entendez : du mouvement local.

105. Ὄρεξις est à prendre ici au sens restreint d'appétit; au chap. suivant Aristote montrera que le désir est moteur.

Page 101.

106. L'intellect théorique trouve sa fin en lui-même, dans la contemplation de la vérité nécessaire; l'intellect pratique poursuit un but empirique et contingent.

107. L'intellect pratique détermine les moyens propres à atteindre l'objet désiré; le dernier moyen découvert, terme du raisonnement pratique, est aussi le point de départ de l'action raisonnée. Cf. *Métaphysique*, VII (Z), 7, 1032 b 6 sq.

Page 102.

108. L'ordre pratique est celui du contingent; l'ordre théorique, celui du nécessaire.

109. Allusion aux platoniciens.

110. Et non pas seulement à une division tripartite. Cf. *supra*, III, 9, 432 a 24 sq.

111. Ainsi se trouve expliqué pourquoi le désir ne meut pas infailliblement; cf. III, 9, 433 a 6-8.

Page 103.

112. Noter l'inversion des termes par rapport à la phrase précédente. — Cf. *Du mouvement des animaux*, 8, 702 a 21 sq.; 9 et 10 *passim* : le principe immobile du mouvement local chez le vivant serait le cœur, et son instrument le pneuma congénital.

113. Cf. *Physique*, VII, 2, 243 a 15 sq.

114. Cf. *supra*, III, 9, 432 b 22-27.

Page 104.

115. Le raisonnement pratique détermine les moyens aptes à l'obtention de la fin et non la fin elle-même (Cf. *Éthique à Nicomaque*, II, 5, 1112 b 11 sq.). On procède alors par comparaison, ce qui suppose référence à une norme commune.

116. Le syllogisme pratique suppose l'imagination délibérative; celle-ci à son tour contient l'opinion.

117. Allusion à l'influence réciproque des corps célestes? ou, moins probablement, au choc d'une balle contre l'obstacle?

118. La raison théorique détermine la fin à atteindre et l'exprime dans la majeure universelle du syllogisme pratique. C'est la mineure, dont l'objet est particulier, qui entraîne le sujet à l'action : portant sur le contingent, elle est qualifiée d'opinion (l. 20; cf. *Seconds analytiques*, I, 33, 89 a 2).

Page 105

119. Cf. *supra*, II, 11, 423 a 13-15, et aussi I, 4, 408 a 14-15.

120. Cf. *supra*, II, 12, 424 a 17 sq.; ici l'auteur a en vue les plantes.

121. L'animal qui ne trouve pas son aliment dans son milieu d'origine doit se déplacer pour se nourrir, donc posséder la sensation, guide du mouvement local.

122. Ainsi se trouvent exclus les corps célestes, mobiles mais éternels.

123. L'intellect sans la sensation non seulement ne pourrait la suppléer et se pourvoir d'images, mais n'aurait aucune raison d'être.

Page 106.

124. C'est-à-dire étrangers au corps.

125. Cf. *Physique*, VIII, 10, 266 b 27 sq.

Page 107.

126. Cf. *supra*, II, 8, 419 b 18 sq.

127. Allusion aux doctrines d'Empédocle, cité en *De la sensation et des sensibles*, 437 b 26 sq. (Diels-Kranz, *Vorsokr.*, 31 [21] B 84), et de Platon, *Timée*, 45 b-46 c.

128. Cf. *supra*, III, 12, 434 b 10 sq.

129. Cf. *supra*, II, 11, 423 b 12 sq. En fait, Aristote rejette l'opinion courante et estime que la chair n'est qu'un milieu : l'organe du toucher est central et non périphérique.

Page 108.

130. Cf. *supra*, II, 11, 422 b 25-27.

131. Dans le cas du tonnerre, par exemple, où le bruit s'accompagne du feu destructeur du toucher.

132. Cas des poisons. — Cf. *supra*, II, 10, 422 a 8 sq.

133. *Supra*, 435 b 4-7.

tel

Volumes parus

215. Platon : *La République (livres I à X).*
216. Ludwig Feuerbach : *L'essence du christianisme.*
217. Serge Tchakhotine : *Le viol des foules par la propagande politique.*
218. Maurice Merleau-Ponty : *La prose du monde.*
219. Collectif : *Le western.*
220. Michel Haar : *Nietzsche et la métaphysique.*
221. Aristote : *Politique (livres I à VIII).*
222. Géralde Nakam : *Montaigne et son temps. Les événements et les* Essais *(L'histoire, la vie, le livre).*
223. J.-B. Pontalis : *Après Freud.*
224. Jean Pouillon : *Temps et roman.*
225. Michel Foucault : *Surveiller et punir.*
226. Étienne de La Boétie : *De la servitude volontaire ou Contr'un* suivi de sa réfutation par Henri de Mesmes suivi de *Mémoire touchant l'édit de janvier 1562.*
227. Giambattista Vico : *La science nouvelle (1725).*
228. Jean Kepler : *Le secret du monde.*
229. Yvon Belaval : *Études leibniziennes (De Leibniz à Hegel).*
230. André Pichot : *Histoire de la notion de vie.*
231. Moïse Maïmonide : *Épîtres (Épître sur la persécution — Épître au Yémen — Épître sur la résurrection des morts — Introduction au chapitre Helèq).*
232. Épictète : *Entretiens (Livres I à IV).*
233. Paul Bourget : *Essais de psychologie contemporaine (Études littéraires).*
234. Henri Heine : *De la France.*
235. Galien : *Œuvres médicales choisies*, tome 1 *(De l'utilité des parties du corps humain).*
236. Galien : *Œuvres médicales choisies*, tome 2 *(Des facultés naturelles — Des lieux affectés — De la méthode thérapeutique, à Glaucon).*
237. Aristote : *De l'âme.*
238. Jacques Colette : *Kierkegaard et la non-philosophie.*

239. Shmuel Trigano : *La demeure oubliée (Genèse religieuse du politique).*
240. Jean-Yves Tadié : *Le récit poétique.*
241. Michel Heller : *La machine et les rouages.*
242. Xénophon : *Banquet* suivi d'*Apologie de Socrate.*
243. Walter Laqueur : *Histoire du sionisme*, I.
244. Walter Laqueur : *Histoire du sionisme*, II.
245. Robert Abirached : *La crise du personnage dans le théâtre moderne.*
246. Jean-René Ladmiral : *Traduire, théorèmes pour la traduction.*
247. E.E. Evans-Pritchard : *Les Nuer (Description des modes de vie et des institutions politiques d'un peuple nilote).*
248. Michel Foucault : *Histoire de la sexualité, tome I (La volonté de savoir).*
249. Cicéron : *La République* suivi de *Le Destin.*
250. Gilbert Gadoffre : *Du Bellay et le sacré.*
251. Claude Nicolet : *L'idée républicaine en France (1789-1924). Essai d'histoire critique.*
252. Antoine Berman : *L'épreuve de l'étranger.*
253. Jean Bollack : *La naissance d'Œdipe.*
254. Donald Kenrick et Grattan Puxon : *Destins gitans.*
255. Isaac Newton : *De la gravitation* suivi de *Du mouvement des corps.*
256. Eberhard Jäckel : *Hitler idéologue.*
257. Pierre Birnbaum : *Un mythe politique : la « République juive ».*
258. Peter Gay : *Le suicide d'une République (Weimar 1918-1933).*
259. Friedrich Nietzsche : *La volonté de puissance, I.*
260. Friedrich Nietzsche : *La volonté de puissance, II.*
261. Françoise van Rossum-Guyon : *Critique du roman (Essai sur « La Modification » de Michel Butor).*
262. Leibniz : *Discours de métaphysique* suivi de *Monadologie.*
263. Paul Veyne : *René Char en ses poèmes.*
264. Angus Wilson : *Le monde de Charles Dickens.*
265. Sénèque : *La vie heureuse* suivi de *Les bienfaits.*
266. Rémy Stricker : *Robert Schumann.*
267. Collectif : *De Vienne à Cambridge.*
268. Raymond Aron : *Les désillusions du progrès.*
269. Martin Heidegger : *Approche de Hölderlin.*
270. Alain Besançon : *Les origines intellectuelles du léninisme.*

271. Auguste Comte : *Philosophie des sciences.*
272. Aristote : *Poétique.*
273. Michel Butor : *Répertoire littéraire.*
275. Xénophon-Aristote : *Constitution de Sparte - Constitution d'Athènes.*
276. Isaac Newton : *Écrits sur la religion.*
277. Max Horkheimer : *Théorie traditionnelle et théorie critique.*
278. Gaëtan Picon : *L'écrivain et son ombre (Introduction à une esthétique de la littérature, I).*
279. Michel Foucault : *Histoire de la sexualité, tome 2 (L'usage des plaisirs).*
280. Michel Foucault : *Histoire de la sexualité, tome 3 (Le souci de soi).*
281. Collectif : *Les Stoïciens, tome 1.*
282. Collectif : *Les Stoïciens, tome 2.*
283. Ludwig Wittgenstein : *Carnets 1914-1916.*
284. Louis Dumont : *Groupes de filiation et alliance de mariage.*
285. Alfred Einstein : *Schubert. Portrait d'un musicien.*
286. Alexandre Kojève : *Essai d'une histoire raisonnée de la philosophie païenne, I (Les Présocratiques).*
287. Alexandre Kojève : *Essai d'une histoire raisonnée de la philosophie païenne, II (Platon - Aristote).*
288. Alexandre Kojève : *Essai d'une histoire raisonnée de la philosophie païenne, III (La philosophie hellénistique - Les néo-platoniciens).*
289. Karl Schlechta : *Le cas Nietzsche.*
290. Valery Larbaud : *Sous l'invocation de saint Jérôme.*
291. Alain Jouffroy : *De l'individualisme révolutionnaire.*
292. Laurent Clauzade : *L'Idéologie ou la révolution de l'analyse.*
293. Marcel Detienne : *Dionysos mis à mort.*
294. Henri Heine : *De l'Allemagne.*
295. Ernst Bloch : *Traces.*
296. Aristote : *Rhétorique.*
297. Friedrich List : *Système national d'économie politique.*
298. Emmanuel Jacquart : *Le théâtre de dérision.*
299. Alexandre Kojève : *L'athéisme.*
300. Mario Praz : *La chair, la mort et le diable*
301. Jean Starobinski : *L'œil vivant*
302. Alain : *Avec Balzac*
303. Mona Ozouf : *Les Mots des femmes*
304. Philippe Muray : *Le XIXe siècle à travers les âges*

Composition Euronumérique.
Impression Société Nouvelle Firmin-Didot
à Mesnil-sur-l'Estrée, le 10 avril 2000.
Dépôt légal : avril 2000.
1er dépôt légal dans la collection : février 1994.
Numéro d'imprimeur : 51065.

ISBN 2-07-073732-2/Imprimé en France.

96229